史記講證

向宗魯 著
蘇芃 點校

中西書局

圖書在版編目(CIP)數據

史記講誼 / 向宗魯著；蘇芃點校. --上海：中西書局, 2020

ISBN 978-7-5475-1556-3

Ⅰ. ①史… Ⅱ. ①向… ②蘇… Ⅲ. ①《史記》-研究 Ⅳ. ①K204.2

中國版本圖書館CIP數據核字（2020）第160205號

史記講誼

向宗魯 著　蘇芃 點校

責任編輯　鄧益明
裝幀設計　黄　駿
出版發行　上海世紀出版集團
中西書局 (www.zxpress.com.cn)
地　　址　上海市陝西北路457號（郵編200040）
印　　刷　上海商務聯西印刷有限公司
開　　本　700×1000毫米 1/16
印　　張　9.125
字　　數　115 000
版　　次　2020年9月第1版　2020年9月第1次印刷
書　　號　ISBN 978-7-5475-1556-3/K・335
定　　價　48.00元

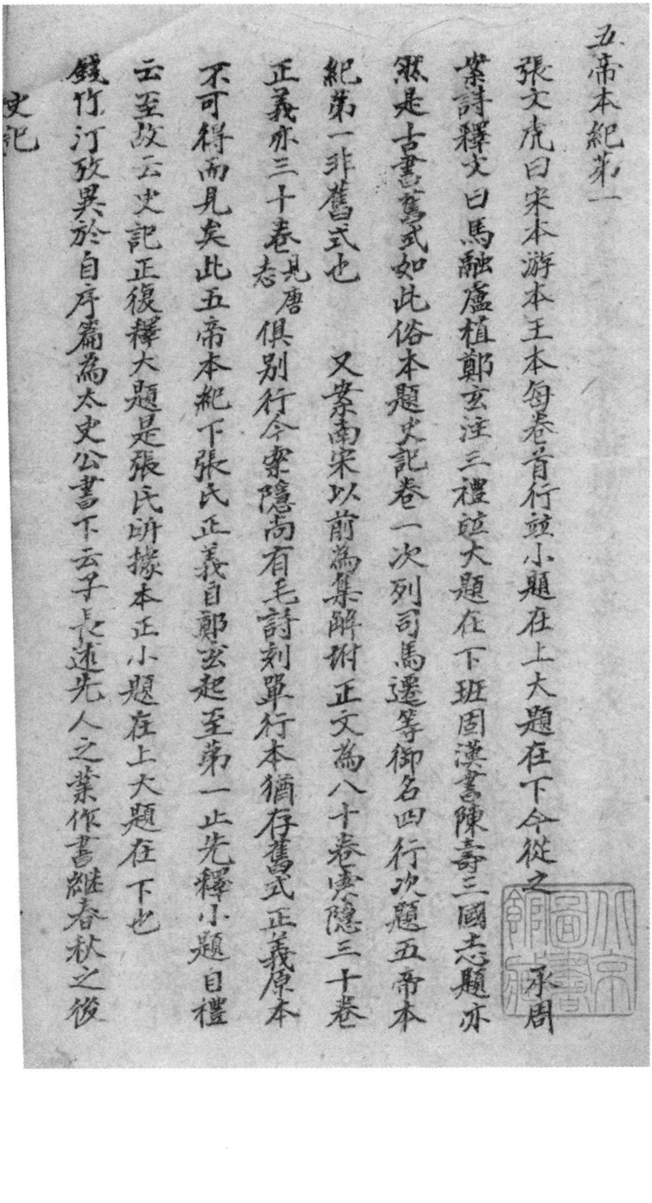
五帝本紀第一
張文虎曰宋本游本王本每卷首行並小題在上大題在下今從之承周
案詩釋文曰馬融盧植鄭玄注三禮並大題在下班固漢書陳壽三國志題亦
然是古書舊式如此俗本題史記卷一次列司馬遷等御名四行次題五帝本
紀第一非舊式也　又案南宋以前為集解附正文為八十卷索隱三十卷
正義亦三十卷見唐志俱別行今索隱尚有毛詩刻單行本猶存舊式正義原本
不可得而見矣此五帝本紀下張氏正義自鄭玄起至第一止先釋小題自禮
云至故云史記正復釋大題是張氏所據本正小題在上大題在下也
錢竹汀攷異於自序篇為太史公書下云子長述先人之業作書繼春秋之後
史記

圖版一：《史記講誼》第一部分

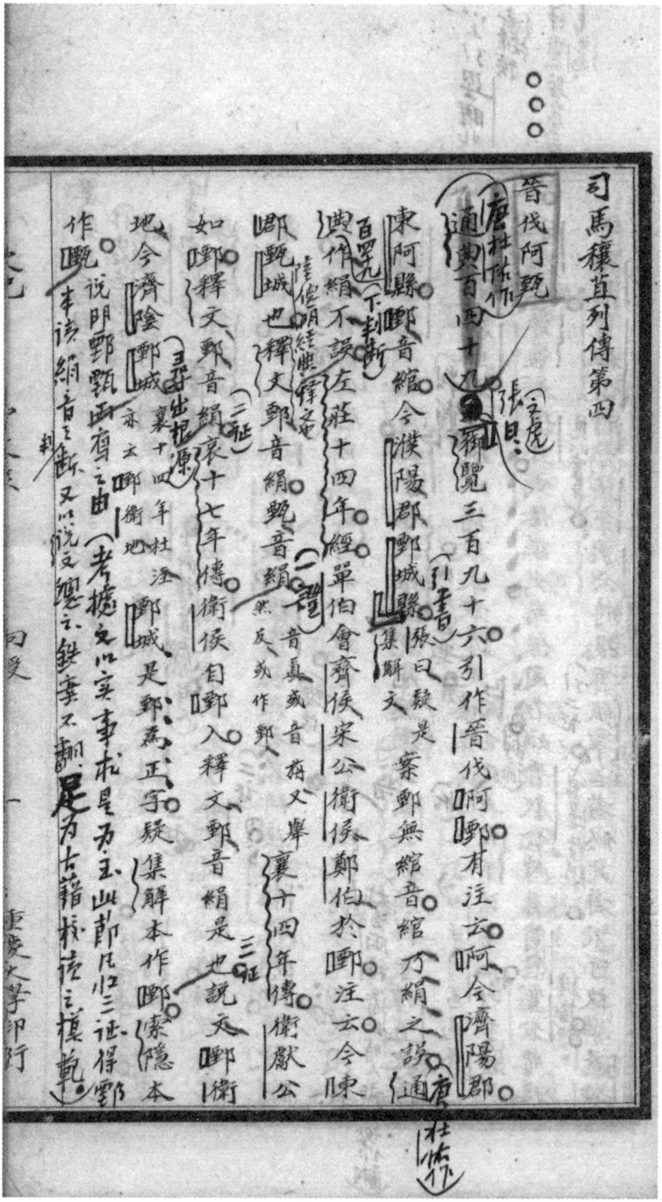

圖版二：《史記講誼》第二部分

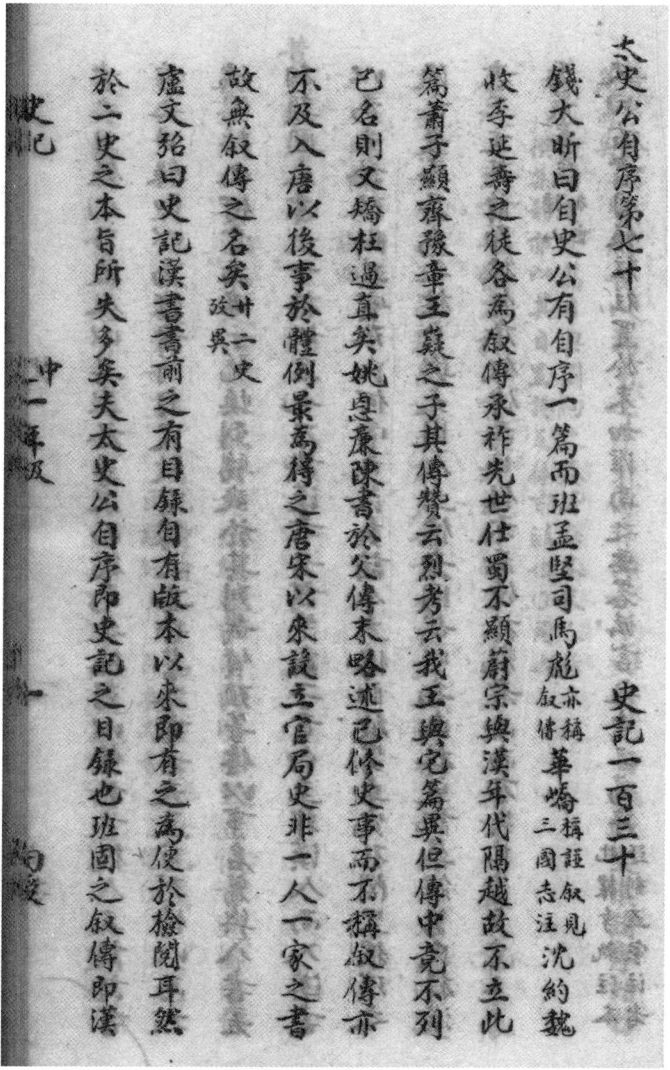

太史公自序第七十　史記一百三十

錢大昕曰自史公有自序一篇而班孟堅司馬彪（亦稱敘傳）華嶠（稱譔敘見三國志注）沈約魏收李延壽之徒各爲敘傳承祚先世仕蜀不顯蔚宗與漢年代隔越故不立此篇蕭子顯齊豫章王嶷之子其傳贊云烈考云我王與它篇異但傳中竟不列己名則又矯枉過直矣姚思廉陳書於父傳末略述己修史事而不稱敘傳亦不及入唐以後事於體例最爲得之唐宋以來設立官局史非一人一家之書故無敘傳之名矣（廿二史攷異）

盧文弨曰史記漢書書前之有目錄自有版本以來即有之爲使於檢閱耳然於二史之本旨所失多矣夫太史公自序即史記之目錄也班固之敘傳即漢

圖版三：《史記講誼》第三部分

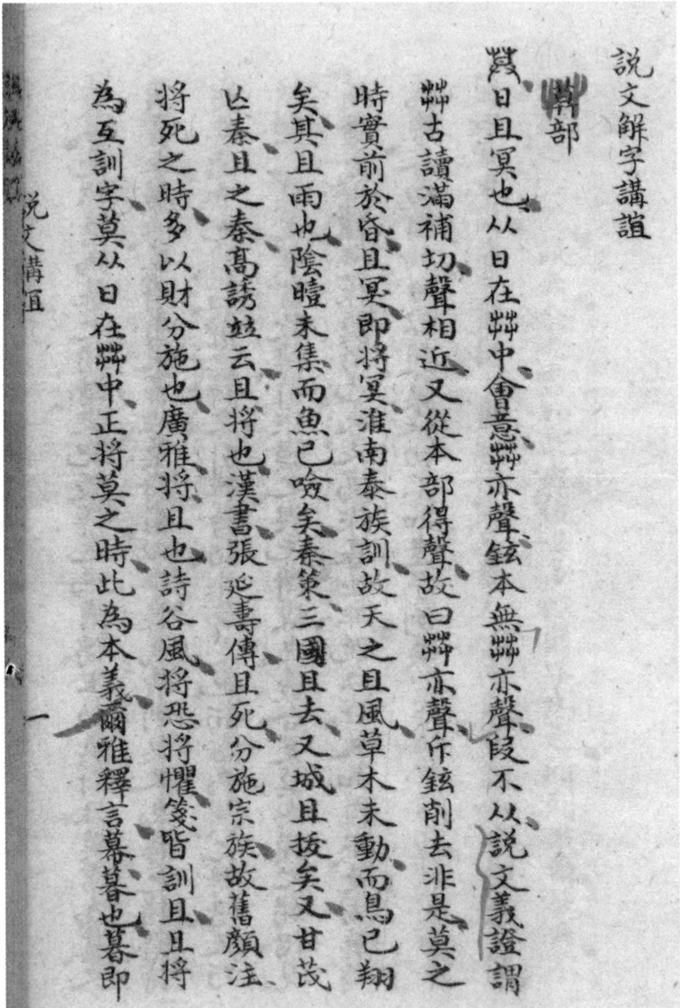
說文解字講誼

茻部

莫 日且冥也从日在茻中會意茻亦聲鉉本無茻亦聲段不从說文義證謂茻古讀滿補切聲相近又從本部得聲故曰茻亦聲作鉉刪去非是莫之時實前於昏且冥即將冥淮南泰族訓故天之且風草木未動而鳥已翔矣其且雨也陰曀未集而魚已噞矣秦策三國且去又城且拔矣又甘茂亾秦且之秦高誘並云且將也漢書張延壽傳且死分施宗族故舊顔注將死之時多以財分施也廣雅將且也詩谷風將恐將懼箋皆訓且且將為互訓字莫从日在茻中正將莫之時此為本義爾雅釋言幕暮也暮即

說文講誼 一

圖版四：《說文解字講誼》

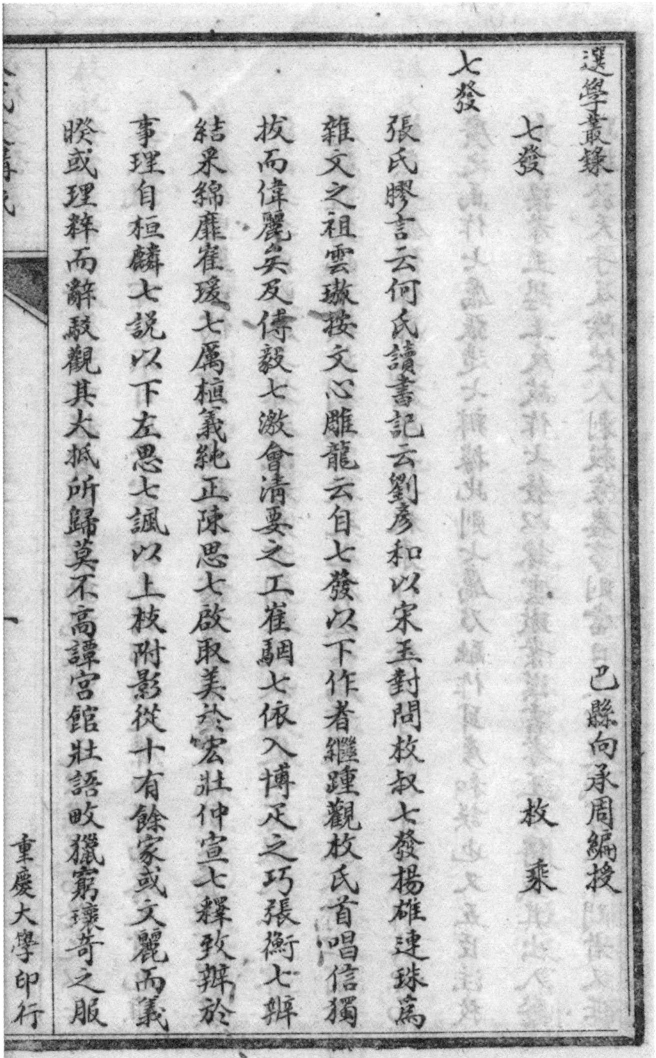
選學叢錄　　巴縣向承周編授

七發　　枚乘

七發

張氏膠言云何氏讀書記云劉彥和以宋玉對問枚叔七發揚雄連珠爲雜文之祖雲璈按文心雕龍云自七發以下作者繼踵觀枚氏首唱信獨拔而偉麗矣及傅毅七激會清要之工崔駰七依入博疋之巧張衡七辨結采綿靡崔瑗七厲植義純正陳思七啟取美於宏壯仲宣七釋致辨於事理自桓麟七說以下左思七諷以上枚附影從十有餘家或文麗而義睽或理粹而辭駁觀其大抵所歸莫不高譚宮館壯語畋獵窮瓌奇之服

重慶大學印行

圖版五：四川大學圖書館藏《八代文講義》

目次

向宗魯《史記講誼》的發現與整理（代序）

中國國家圖書館（下或簡稱「國圖」）藏有佚名《史記校注》一部，①筆者經過查考，發現此書是民國時期學者向宗魯先生遺著。

向先生原名永年，學名承周，字宗魯，以字行世。一八九五年生於四川省涪陵縣，祖籍重慶巴縣，受業於文伯魯（壽昌）、廖平（季平）諸先生，先後任教於重慶大學、四川大學，並長期擔任四川大學中文系主任，一九四一年十一月去世，年僅四十六歲。先生博聞强識，刻苦篤學，自幼有「神童」之譽。② 其著作等身，可惜傳世的僅有寥寥幾種，且多是歿後經弟子王利器、屈守元、楊明照等先生整理發表的，如《周易疏校後記》、《校讎學》、《月令章句疏證叙録》、《説苑校證》、《淮南鴻烈簡端記》等。

---

① 被影印收入徐蜀選編《二十四史訂補》，書目文獻出版社，一九九六年；二〇〇四年由更名後的北京圖書館出版社再次出版。

② 參見陳菀茵《江城書香惠學人——記旅漢治學成名的向宗魯教授》，《武漢文史資料》二〇〇二年第八期。

一、國圖藏佚名《史記校注》作者考證

判定國圖藏《史記校注》作者爲向宗魯先生，主要證據有以下四點：

第一，《史記校注》由大量札記組成，許多札記下都有「承周案」字樣的案語，與向先生名諱吻合，且《司馬穰苴列傳》「晏嬰乃薦田穰苴」條「承周案」旁批「向先生之名」。按覈《説苑校證》、《淮南鴻烈簡端記》二書，①其間亦多有「承周案」，可證當出自一人之手。

第二，《史記校注》中有的版心處有「向授」字樣，與向先生姓氏吻合（參見圖版二）。

第三，《史記校注》中有的版心處有「重慶大學印行」、「重大印行」字樣，而目前藏於四川大學圖書館古籍部，題有「巴縣向承周編授」的《八代文講義》（内題「選學叢録」）版心處亦有「重慶大學印行」的字樣，可作類比（參見圖版二、圖版五）。②

---

① 詳參向宗魯《説苑校證》，中華書局，一九八七年；《淮南鴻烈簡端記》，刊於《新國學》第二卷，巴蜀書社，二〇〇〇年。

② 「重慶大學印行」的《八代文講義》之所以目前藏於四川大學圖書館，是因爲一九三〇年文伯魯先生參與籌辦重慶大學，向宗魯先生應聘爲中文系教授兼系主任，一九三五年五月重慶大學經國民政府教育部和四川省政府批准爲省立大學，同年十二月進行院系調整，將文學院調出，併入四川大學，向宗魯先生及弟子此時又轉入四川大學，因此重慶大學的講義才會存藏在了四川大學圖書館。

第四，根據向先生弟子回憶文章所述，先生曾於重慶大學、四川大學講授《史記》。

一九三一年回重慶，應重慶大學聘，任中國文學系教授，兼系主任。即以《史記》、《文選》、《淮南子》、《管子》諸書爲教。（屈守元《精於校讎的學者向宗魯》）①

一九三二年秋，先生去四川大學，執教中國文學系。次年春，即返任重慶大學中國文學系系主任。先生禮聘巴渝諸老師宿儒，開專籍專課。以文伯魯先生主講《毛詩》，陳季皋先生主講《左傳》，龔春巖先生主講唐宋文，八代文及《史記》則先生躬任之。（何震華《憶恩師向宗魯》）②

先生多識前言，熟精史事。舉凡方輿典制，人物興亡，莫不畫地成圖，抵掌可述。馬班陳范，尤所究心。嘗爲生徒説《太史公書》，所造講疏，精當難移，按條採録，即可成編。（屈守元等《巴縣向宗魯先生學行述略》）③

---

① 四川省政協文史資料研究委員會、四川省文史館編：《四川近現代文化人物》，四川人民出版社，一九八九年，第二七九頁。

② 中國人民政治協商會議四川省巴縣委員會文史資料委員會：《巴縣文史資料》第十一輯，一九九四年十二月，第七二頁。

③ 該文由屈沛仁、王利器、王振榮、廖履中、屈爱艮（守元）、王利仁合撰，屈守元执笔，一九四一年十一月。由四川大學文學與新聞學院羅鷺先生提供。

在重大、川大任課時，以《史記》、《管子》、《淮南子》、《文選》爲教。簡端批校，朱墨燦然。（屈守元《説苑校證·序言》）[1]

綜合以上四點證據，可見國圖藏佚名《史記校注》當是向宗魯先生遺稿，且極有可能是在重慶大學任教時講授《史記》的講義。另外，該《史記校注》後附有《説文解字講誼》一卷（參見圖版四）。

二、向宗魯《史記講誼》撰寫時間、性質、定名再判斷

根據屈守元、何震華等弟子回憶文章可知，向宗魯先生於一九三一年至一九三四年前後曾在重慶大學講授《史記》、「八代文」課程，國圖所藏版心寫有「重慶大學印行」、「重大印行」字樣的《史記校注》可能即此時的講義，與前文揭櫫川大所藏《八代文講義》爲同時之物。除了這點相關性外，《史記校注》性質爲「《史記》講義」尚有三點旁證：

第一，《史記校注》中部分版心處印有「中文系」、「中、史一年級」字樣（參見圖版二、圖版三）。「中、史一年級」疑爲「中文系、歷史系一年級」的省稱，大部分篇章的版心都有「向授」字樣，結合起來看，當是教學講義。

① 向宗魯：《説苑校證》，《序言》第九頁。

第二，《史記校注》中有多處批注記録。例如《司馬穰苴列傳第四》「晉伐阿甄」條下，「通典」二字旁有小字注「唐杜佑作」，「晏嬰乃薦田穰苴」條下，「梁曜北曰」旁有小字注「作《史記志疑》一書」；又如，《孫子吴起列傳第五》「君不若引兵疾走大梁」條下，「錢竹汀曰」旁有小字注「名大昕，清人」，「昔三苗氏左洞庭右彭蠡」條下，「初學記」旁有小字注「類書，徐堅著」，等等，這類涉及古代典籍常識的旁注，顯然不會是「群經傳記，洽熟無遺」的向宗魯先生所記，當是學生或後人使用講義時的批注（參見圖版二）。據此，亦可窺見該書性質爲教學講義無疑。

第三，《史記校注》後附有《説文解字講誼》（此處「講誼」之「誼」用古字），①二者既然合爲一編，性質理當相同，亦可推知《史記校注》性質爲教學講義。

釐清《史記校注》撰寫時間、性質、用途後，反觀該書定名，「校注」之稱似乎欠妥，可參考合編的《説文解字講誼》，定名爲「史記講誼」。② 因此，國圖的著録應訂正爲：《史記講誼》三卷，民國向宗魯撰，附佚名《説文解字講誼》一卷，民國綫裝油印本，一册。九行，二十八至三十字不等，有圈點和眉批。

---

① 《説文解字講誼》中未能找到與向宗魯先生有關的綫索，向先生相關資料中也無講授《説文》的記載，該書作者尚且存疑待質，疑或與向楚（仙樵）先生有關。

② 下文爲了避免討論紛歧，有時仍稱『《史記校注》』，亦指本書。

三、向宗魯《史記講誼》的内容特點及内部差異

向宗魯先生《史記講誼》爲綫裝油印本，包含《五帝本紀》、《伯夷列傳》、《管晏列傳》、《司馬穰苴列傳》、《孫子吴起列傳》、《伍子胥列傳》、《太史公自序》七篇，用三種紙張抄寫，據此可將這三部分析爲三卷：

卷一是《五帝本紀》、《伯夷列傳》、《管晏列傳》合計四十五頁（參見圖版一）；

卷二是《司馬穰苴列傳》、《孫子吴起列傳》、《伍子胥列傳》合計四十五頁（參見圖版二）；

卷三是《太史公自序》二十七頁（參見圖版三）。

全書皆半頁九行，行二十八至三十字不等，間有雙行小注，行款較爲統一，然而三部分字體卻存在差異，是不同人謄抄的，可能並非向先生手書。①

從具體内容看，該講義主要是對七篇《史記》「本紀」「列傳」字句的訓解、考證與校勘，三部分内容全以札記的形式呈現，「承周案」的案語貫穿全書始終。　其特點可概括爲以下三個方面：

首先，旁徵博引，具列歷代相關的研究成果，尤其是梁曜北（玉繩）《史記志疑》、張孟彪（張文虎）《校刊史記集解索隱正義札記》、錢竹汀（大昕）《廿二史考異》、王懷祖（念孫）《讀書雜志》等，並繫連參

① 比對向先生致龐石帚手札，與講義三部分字體有別。

照類書引文，在這些材料的基礎上展開疏證。

其次，參考了當時最新的研究成果。在卷三《太史公自序》裏，徵引了瀧川資言的《史記會注考證》，如「阮趙長平軍」條下列有「日本楓山本『阮』作『拔』。見《會注》」；「名家使人儉而善失真」條，案語「《會注攷證》謂『慶長本標記引劉伯莊云儉當作檢，謂拘檢人』，則唐人舊説已如是」。瀧川資言《史記會注考證》在一九三二——一九三四年由日本東方文化學院東京研究所陸續出版印行，這部分講義可能是在一九三四年之後寫成的。

再次，不少條目没有案語，全引前人説法，甚至直接抄撮幾百字前人考證成果，例如《五帝本紀》「旨征不享」條作：

洪筠軒曰：「《索隱》『一本或作「亭」』，亭訓直，以征諸侯之不直者。』頤煊案：《詩·韓奕》『榦不庭方』，毛《傳》：『庭，直也。』《國語·周語》『以待不庭不虞之患』，韋昭注：『庭，直也。』《左氏·襄十六年傳》『同討不庭』，『不亭』即『不庭』，古字通用。」

經查覈，此段文字與洪頤煊《讀書叢録·史記》「不享」條①全同。這類情形在該講義中佔有不小的

① 洪頤煊：《讀書叢録》，《叢書集成初編》本，中華書局，一九八五年，第一頁。

比重，又如《五帝本紀》「登熊湘」條全引成芙卿《史漢駢枝》八百多字，《太史公自序》「談爲太史公」條引梁玉繩《史記志疑》近千字，引錢大昕《廿二史考異》、王鳴盛《十七史商榷》、李慈銘《越縵堂雜志》、朱一新《無邪堂答問》①各兩三百字不等，而未下一句案語，都能反映出該書的性質不會是個人著述，而是教學講義。

此外，對於三部分之間的内部差異，值得作些説明。三卷講義之間互有參差，但無本質區别。參差之處如下：

首先，卷一、卷二裏對《史記》正文關聯的「三家注」（裴駰《史記集解》、司馬貞《史記索隱》、張守節《史記正義》）亦有疏解，標有「坿注」，卷三主要是對《太史公自序》正文的疏解，不涉及「三家注」。

其次，前兩卷引梁玉繩、張文虎、錢大昕、王念孫等人舊説，皆稱字或號，卷三全部直接稱名。又，前兩卷徵引前賢舊説，只列作者，不具書名，卷三詳盡標注書名。比如，引梁玉繩《史記志疑》，卷一、卷二多作「梁曜北曰」云云，卷三作「梁玉繩曰」云云，段末用雙行小注標「史記志疑」四字。卷三偶有標注引文起止，如「其在周程伯休父其後也」條，案語引《史記索隱》與《尚書》孔《疏》，分别在引文之末標明

① 據筆者考證，李慈銘、朱一新兩節引文或皆轉自王先謙《漢書補注》，並不見於《無邪堂答問》，朱一新《漢書管見》有近似表述。

「《索隱》語止此」、「《疏》語止此」。

之所以會産生這樣的差異，可能和講義針對不同的學生有關，卷三的版心有「中、史一年級」字樣，也許只是針對中文系、歷史系一年級學生的教學講義，所以對古人稱名而不稱字號，便於學生理解記憶，詳注引文出處也是因材施教的需要。這些内部差異從另一方面證明《史記校注》必是教學講義，因其爲講義，所以不求嚴謹統一，側重追求實用性價值。另一方面，從這三部分講義的謄寫訛誤來看，卷一《五帝本紀》篇尤多，後兩部分較少。前面揭櫫的學生批注記録，在卷二出現較多。

四、向宗魯《史記講誼》的學術價值

向先生《史記講誼》在作爲佚名古籍的前提下，已被編進《二十四史訂補》，更彰顯了其價值所在。筆者以爲，其學術價值歸納起來約有三端：

第一，對於《史記》研究的價值。以《史記》研究而言，該書的價值可以體現在以下兩方面：

一是解讀《史記》的價值，例如：《五帝本紀》「神農氏世衰」條，向先生案語：

世衰謂末代君也。

又如，「黄帝者」條，《史記》爲何以「黄帝」開篇，前賢多置聚訟，向先生認爲：

史公之書一以孔子爲依歸。《戴記》雖雜出漢儒，要多爲七十子後學比所記，故史公據以爲本。《本紀》首黄帝，《世家》首太伯，《列傳》首伯夷，皆此志也。《五帝紀》贊曰：「孔子所傳《宰予問帝德》及《帝繫姓》。」《吴太伯世家》傳曰：「孔子言太伯可謂至德矣。三以天下讓，民無德而稱焉。」《伯夷列傳》曰：「孔子曰：『伯夷、叔齊，不念舊惡，怨是用希』，『求仁得仁，又何怨乎？』」則史公述作之旨，已自言之矣。

再如，「湻化鳥獸蟲蛾」條，向先生釋作：

《説文》：「蛾，羅也。（在蟲部）」又「蟼，蠶也，飛蟲也。或作蟼。（在蚰部）」二字義别，蛾即俗「蟻」字，郭注《尒疋》《釋蟲》云：「蛾，羅。」以爲蠶蛾，非也。《禮記》「蛾子時術之」注：「蛾，蚍蜉也。」《左傳・僖十五年傳》「蛾」《釋文》音「魚綺反」，云「本或作『蟻』」。《晉語》「蜹蛾蠭蠆皆能害人」，宋庠《補音》云：「蛾，音蟻。」以及《楚詞・天問》之「蟲蛾」、揚子雲《長楊賦》之「蛾伏」、范書《皇甫嵩傳》之「蛾賊」、《漢仲秋下旬碑》之「蛾坿」，皆其本義。説詳桂氏《説文義徵》。古音我聲、義聲皆在歌部，故「蛾」俗變作「蟻」，以别於「蟼」耳。《大戴》「蟲蛾」作「昆蟲」。

諸如此類的詮釋雖非確證，然而言之有據，至少提供了一種解讀的新思路。

二是校勘《史記》的價值。向宗魯先生精於校讎，曾在重慶大學、四川大學開設校勘學課程，並撰有《校讎學講義》。王利器、王叔岷等校勘學家皆從其問學。① 《史記講誼》中存有大量在前人研究基礎上的校勘成果。例如：

《孫子吴起列傳》「明法審令捐不急之官廢公族疏遠者以撫養戰鬥之士」條，援引《韓子・和氏》「損不急之枝官」、《戰國・秦策》、《史記・蔡澤傳》「損不急之官」，結合文義校正「捐」是「損」字之誤。

講義中還有對三家注的校勘，五十餘例「坿注」條目多有涉及，如《五帝本紀》「黄帝者」，《正義》有「母曰附寶，之祁野」云云，向先生考校如下：

案：《初學記》九、《御覽》七十九引《詩含神霧》曰「大電繞北斗樞，照郊野，感附寶而生黄帝」，又見《河圖握拒》及《世紀》，而《文選・辨命論》注引《含神霧》「附寶」作「符寶」，未知孰是。《正義》「祁野」疑當以《詩緯》、《河圖》、《世紀》作「郊野」。

此條據類書、古注引緯書證明「祁野」是「郊野」之誤，較爲可信。值得指出的是，向先生善於從類

① 王叔岷先生在《我與斠讎學》中曾回憶：「我在四川大學中文系讀書時，當時有位傑出的向宗魯先生，他開講『校讎目録學』，剛在編寫講義。我得到一點初步的認識，但不重視這門學問。」參見氏著《斠讎學（補訂本） 校讎別録》，中華書局，二〇〇七年，第二頁。

書、政書等資料中鈎稽異文，又如《孫子吴起列傳》「即三令五申之」條：「《六弢・教戰篇》云：『明告吏士，申三五之令。』今本作『申之以三令』，從《通典》百四十九、《御覽》二百七十九改。」可見他博聞强識，對與傳世本不同的古書異文尤其敏鋭。

第二，作爲教學講義的價值。

作爲一份教學講義，目前所見雖然可能未爲全帙，①但從現存的内容看，依然可以窺見向宗魯先生教學設計的一些細節。比如，選讀《史記》的篇次，五體中重點選擇「本紀」、「列傳」，《五帝本紀》和《太史公自序》一首一尾，都花了較多的篇幅講解，這些現象應與向宗魯先生的教學思想有關，對當代高等教育中的《史記》教學也具啓發性。

講義注重吸收當時新近的研究成果，如前文所列舉，卷三裏徵引了瀧川資言《史記會注考證》，這部分裏還使用了一九一六年王國維先生發表的《太史公繫年考略》。

講義常於細節處重點講解學術疑案，比如，《五帝本紀》考證《史記》的書名問題，《伯夷列傳》疏解伯夷、叔齊餓死首陽山一事，《太史公自序》司馬談爲太史公等都著墨較多。

---

① 《伍子胥列傳》「盛以鴟夷革浮之江中」，承周案：「『鴟夷子皮』非范蠡，説詳《越世家》。」可見向先生講義或有《越世家》部分，而國圖藏的七篇中未見。

另一方面，難能可貴的是，講義中保留了一些疑似學生上課時的記録與感想，呈現出民國時期文科教育的教學細節。如《司馬穰苴列傳》「晉伐阿甄」條：

《通典》百四十九、《御覽》三百九十六引作「晉伐阿鄄」。有注云：「阿，今濟陽郡東阿縣。鄄，音絹，今濮陽郡鄄城縣。」張曰：「疑是《集解》文。」案：鄄無「綰」音，「綰」乃「絹」之誤。《通典》作「絹」，不誤。《左·莊十四年經》：「單伯會齊侯、宋公、衛侯、鄭伯於鄄。」注云：「今東郡甄城也。」《釋文》「鄄，音絹。甄，音絹」，一音真，或音狷，又舉然反，或作「鄄」。《襄十四年傳》「衛獻公如鄄」《釋文》「鄄，音絹」，《哀十七年傳》「衛侯自鄄入」《釋文》「鄄，音絹」，是也。《說文》：「鄄，衛地，今濟陰鄄城。」《襄十四年》杜注亦云：「鄄，衛地。」鄄城，是「鄄」爲正字。疑《集解》本作「鄄」，《索隱》本作「甄」。

除了前文提到的《通典》旁注「唐杜佑作」這類常識外，「《通典》作『絹』，不誤」旁注「下判斷」，「《釋文》：『鄄，音絹。甄，音絹。』」旁注「一證」，「《釋文》：『鄄，音絹。』」旁注「二征①」，「《釋文》：『鄄，音絹』，是也。」旁注「三征」，「《說文》：『鄄，衛地，今濟陰鄄城。』」旁注「尋出根源」，這是對講義考證「綰」乃「絹」誤過程的解析，也許是上課隨堂記録下的老師講解内容。這條末尾處，還有一句批注：「說明鄄、甄兩

① 征，原稿如此，用「徵」字簡化俗體。

寫之由。（考據文以實事求是爲主，此節凡收三證，得鄄本讀絹音之判斷，又以《説文》總之，鐵案不翻，足爲古籍校讀之模範。）」這段話可能是學生上課聽講與閲讀講義的感想及評價。

總之，作爲民國時期著名學者講授《史記》的講義，該書對於研究民國教育史具有重要的參考價值。

第三，對於研究晚清民國學術史的價值。

關於向先生的著作，屈守元先生曾説：「《周易》、《左傳》、《史記》、《管子》以及其他批校諸書，全都失去。」①可見作爲及門弟子的屈先生並不知道《史記講誼》存世。因此該講義的發現，對於研究向宗魯先生與晚清民國學術史，以及對整理向先生文集的工作都具有重要意義。

綜觀《史記講誼》全書，常見向先生從《説文》出發，釋讀文字，尤其是借助《説文》研求本字、俗字，這種做法雖有一定的局限性，但也折射出時代的烙印。

又如，向先生引《韓非子》幾乎全稱《韓子》，引《淮南子》某篇不稱「某某訓」，而用「某某篇」，②這些細節都可反映向先生的學術素養與學術傾向。

① 向宗魯：《説苑校證》，《序言》第十頁。

② 宋代以前文獻中《韓非子》多作《韓子》或《韓非》，後世可能爲了與韓愈著作區分，漸稱《韓非子》。《淮南子》篇名的「訓」字，前輩學者研究或認爲本專指高誘注，稱引《淮南子》原文當言「某某篇」。

再者，從向先生引書可以看出，張文虎《校刊史記集解索隱正義札記》、王國維《太史公繫年考略》等晚近的研究成果，當時已經廣爲學者接受；日本學者瀧川資言的《史記會注考證》才印行不久，就已爲中國西南地區學者教學引用。講義所提供的這些信息，對於晚清民國學術史的研究者而言，都將成爲第一手的珍貴資料。

回顧向宗魯先生《史記講誼》發現的過程，有兩點啓示值得重視：

一是考察佚名文獻的作者，尋求内證是一種有效的方法，要細讀文本，找出蛛絲馬跡的證據，儘量做到見微知著。

二是民國時期學者的大量遺著、佚著尚散存於世，有待不斷發現考證，如今發達的科技手段爲此項工作提供了許多便利條件，應當充分利用。

最後圍繞該講義的發現與整理過程略作説明，由於參加中華書局《史記》修訂工作，《二十四史訂補》是我的常用書，而其中的《史記校注》因是佚名作者文獻，起先未有措意。直到二〇一三年五月在認真閲讀全書後，找出了與向宗魯先生有關的綫索，完成《向宗魯遺稿〈史記講誼〉的新發現》一文，六月底在中國人民大學承辦的「典籍、社會與文化國際學術研討會暨中國歷史文獻研究會第三十四屆年會」上宣讀，後投寄《文獻》雜志，刊發於二〇一五年第一期，篇題應編輯部要求改成了《向宗魯〈史記講義〉考述》。二〇一三年秋季，我在南京師範大學爲古典文獻專業二〇一〇級本科生開設「古籍整理研究實踐」課程，嘗試把新發現的《史記講誼》當作課程作業，分發給同學們作爲古籍整理實踐練習，没想到卻低估了整理稿抄本的難度，作業很不理想，文字識讀就有大量錯誤，在此基礎上，我重新校正一稿。二〇一五年是向宗魯先生誕辰一百二十週年，四川大學羅鷺兄編纂《向宗魯先生紀念文集》將整理稿初稿收入，然而遺留問題尚多。其後石立善兄聽聞此事，説他正擬編纂民國古典學研究大系叢書，可以重新董理，單行出版。於是我又查覈引文，再加校訂，並到國圖覆案原書，將影印本漫漶之處一一落實，希望能够將這部湮没七十年之久的書稿完整呈現給更多的讀者。因學力所限，整理稿舛訛之處實所難免，敬請有識之士不吝賜正。承蒙川大羅鷺兄慷慨惠寄向宗魯先生相關資料數種，研究生孫利政同學通讀了整理稿，是正多處，在此併致謝忱。

蘇芃

二〇一六年十二月十一日

整理凡例

一、此次整理以徐蜀選編《二十四史訂補》（北京圖書館出版社，二〇〇四年）所收佚名《史記校注》爲底本。

二、録文一依原稿，引文盡量覆覈原書，某些訛誤與漫漶之處，在注釋中加以説明。原稿中明顯的訛誤，如書名、篇名、人名之誤等，改字出校。疑誤之處，即使與引文底本有異，也只出校不改字。引文中如「吾」與「余」之類，不影響文義之處，不出校。異體字形部分保持原貌，不求統一，如「律曆志」寫作「律歷志」，「四庫提要」寫作「四庫題要」，字形保留不改。個别不規範的簡化異體字，爲了便於排版，徑改爲對應的繁體字形，如「议」、「㧑」徑改作「議」、「㧑」。重文符號亦徑改作對應文字，此類情形不再出校説明。

三、原稿中雙行小字夾注，録文中用小一號的字體編排。原稿中圓括號標示的内容，依然使用圓括號。

五帝本紀第一

張文虎曰：「宋本、游本、王本每卷首行並小題在上，大題在下，今從之。」

承周案：《詩》《釋文》曰：「馬融、盧植、鄭玄注『三禮』，並大題在下，班固《漢書》、陳壽《三國志》題亦然。」是古書舊式如此，俗本題「史記卷一」，次列「司馬遷」等御名[①]四行，次題「五帝本紀第一」，非舊式也。

又案：南宋以前爲《集解》，坿正文爲八十卷，《索隱》三十卷，《正義》亦三十卷，見唐《志》。俱別行。今《索隱》尚有毛氏[②]刻單行本，猶存舊式，《正義》

---

① 御名，當爲「銜名」之誤。

② 氏，原稿誤作「詩」，據《廿二史考異》改。

原本不可得而見矣。此「五帝本紀」下，張氏《正義》自「鄭玄」起至「第一」止，先釋小題，自「禮云」至「故云史記」，正復釋大題，是張氏所據本正小題在上，大題在下也。

錢竹汀《攷異》於《自序篇·爲太史公書》下云：「子長述先人之業，作書繼《春秋》之後，成一家言。故曰『太史公書』，以官名之者，承父志也。以虞卿、吕不韋著書之例言之，當云『太史公春秋』，不稱『春秋』者，謙也。班史《藝文志》，《太史公》百三十篇，馮商所續《太史公》七篇，俱入《春秋》家，而班叔皮亦稱爲《太史公書》，蓋子長未嘗名其書曰『史記』也。桓譚云：『遷著書成，以示東方朔，朔皆署曰「太史公」。』署之者，名其書也。或者不察，以『公』爲朔尊遷之稱，失之遠矣。《周本紀》云『太史伯陽讀史記』，《陳杞世家》云『孔子讀史記』，《儒林列傳》云『孔子因史記作《春秋》』，《十二諸侯①年表》云

① 侯，原稿誤作「候」，據《廿二史考異》改。

『孔子覩周室，論史記舊聞』，又云『左①邱明因孔子史記，具②論其語，成《左氏春秋》』，《老子列傳》云『史記周太史儋見秦獻公』云云，《天官書》云『余③觀史記，攷行事』，此篇云『史記放絶』，又云『紬④史記石室、金匱之書』，皆指前代之史而言。班史《五⑤行志》所引『史記』，亦非《太史公書》，《楊惲傳》『惲始讀外祖《太史公記》』，初不云『史記』。又⑥攷《漢書·宣元六王傳》東平王宇上疏求《太史公書》，大將軍王鳳言『《太史公書》有戰國策⑦縱横權譎之謀』，《揚雄傳》『《太史公》記六國，歷楚漢，訖麟止，不與聖人同』，《叙傳》『東平思王以

① 左，原稿誤作「在」，據《廿二史考異》改。
② 具，原稿誤作「其」，據《廿二史考異》改。
③ 余，原稿誤作「全」，據《廿二史考異》改。
④ 紬，原稿誤作「細」，據《廿二史考異》改。
⑤ 五，原稿誤作「一」，據《廿二史考異》改。
⑥ 又，原稿誤作「文」，據《廿二史考異》改。
⑦ 策，覈諸《廿二史考異》並無此字，疑爲衍文。

叔父求《太史公》、諸子書，大將軍白不許』，《後漢書・竇融傳》『乃賜融㠯外屬圖，及《太史公》五宗①、外戚《世家》、《魏其侯列傳》』，《范升傳》『難者以《太史公》多引《左氏》，又上《太史公》違戾五經，謬孔子言，及《左氏春秋》不可録三十一事』，《陳元傳》『博②士范升等議奏《左氏春秋》不可立，及《太史公》違戾凡四十五事』，《楊終傳》『受詔删《太史公書》爲十餘萬③言』，皆不云『史記』。『史記』之名，疑④出魏晉以後，非子長著書之意也。《後漢書・班彪傳》有「司馬遷著《史記》」之語，此范蔚宗增益，非東觀舊文。」

承周案：「史記」二字見於載籍最早者，《逸周書》有《史記篇》，記皮氏、華氏諸國之亡，《吕氏春秋・察傳篇》：「子夏之晉過衛，有讀史記者曰：『晉師

① 宗，原稿誤作「帝」，據《廿二史考異》改。
② 傳、博二字，原稿誤倒。
③ 十餘萬，原稿誤作「四十餘」，據《廿二史考異》及《後漢書》改。
④ 疑，原稿誤作「欵」，據《廿二史考異》改。

三豕涉河。』」是「史記」爲史籍通名，先秦已然，不獨錢所舉「史記」諸文也。又若《春秋緐露・俞序篇》云：「仲尼之作《春秋》，引史記，理往事，正是非，是[①]王公」，又云「史記十二公之間，皆衰世之事，故門人惑」。《鹽鐵論・散不足篇》云：「孔子讀史記，喟然而嘆，傷正德之廢、君臣之危也。」《漢書・蓺文志》云：「與左邱明觀其史記，據行事、人道[②]。」《公羊・隱元年》《疏》引閔因序云：「使子夏等十四人求《周史記》，得百二十國寶書，九月經立。《考異郵》、《説題辭》具有其文。」又《公羊・莊七年》《解詁》：「不脩《春秋》，謂史記也。」是漢人皆以「史記」爲史籍通名也，其以《太史公書》爲「史記」者，一則《漢書・五行志》「史記成公十六年」云云，顏注云：「此《志》凡稱『史記』者，皆謂

① 是，传世本《春秋繁露》或作「見」，或作「序」，或作「也」，疑「是」爲「見」字之誤。

② 人道，《漢書・藝文志》作「仍人道」，疑此處抄脱「仍」字。

司馬遷所撰[①]也。」案：《五行志》所稱「史記」，多本《國語》，雖偶有與《史記》合者，亦甚寥寥，齊息圓[②]、沈文起、錢竹汀、洪筠軒皆訂其誤；一則《魏志·王肅傳》「帝又問司馬遷以受刑之故，内懷隱切，著《史記》非貶孝武」云云，是「史記」爲《太史公書》專名始於魏世也。《史通·六家篇》謂遷因魯史舊名，名曰《史記》，《古今正史篇》云「凡百三十篇，都謂之『史記』」，又云「其後劉向、向子歆及諸好事者，若馮商、衛衡、揚雄、史岑、梁審、肆仁、晉馮、段肅、金丹、馮衍、韋融、蕭奮、劉恂等，相次撰[③]續，迄於哀、平間，猶名《史記》」。案：杜預《春秋序》云「《春秋》者，魯史記之名」，謂魯史記名《春秋》，非魯春秋名「史記」也。劉乃謂史公取魯史舊名，非也。馮商所續見於《漢志》，不名「史

① 撰，原稿誤作「選」，據《漢書》顔注改。
② 圓，原稿誤作「園」。
③ 撰，原稿誤作「選」，據《史通》改。

記」，則衡衡以下諸人所續，亦可推知矣。

坿注

《正義》引鄭玄注《中候勑省圖》：「德合五帝座星者，稱帝。」案：《詩譜》《疏》作：「德合北辰者皆稱皇，感五帝座星者皆稱①帝。」引《坤靈②圖》云：「德配天地，在正不在私，曰帝。」今本《易緯·坤靈圖》作：「德配天地，天地不私公位，稱之曰帝。」鄭注云：「不私公位，不傳之子孫，禪於能者。」《初學記》九、《御覽》七十六引《易緯》皆作「德配天地，不私公位，稱之曰帝」，則此文「不在私」三字當作「不私公位」四字。《御覽》七十六又別引《坤靈圖》作「在政不私公位」，則此文「在正」當爲「在政」。

「太史公依《世本》、《大戴禮》」云云。案：《大戴·五帝德篇》以黄帝、顓頊、帝嚳、堯、舜、禹爲五帝，史公別列禹於《夏本紀》，與《大戴》異。鄭注《勑

① 皆稱，原稿誤倒作「稱皆」，不辭，據《毛詩注疏》改。

② 靈，原稿作「灵」，疑爲手寫簡化字，徑改，下同。

省圖》亦六人説，別詳裴松之《史目》，《隋志》失載[①]。

「《禮》云：『動則左史書之，言則右史書之。』」案：此《玉藻》記文，《漢書·藝文志》云「左史記言，右史記事，事爲《春秋》，言爲《尚書》」，與記文異。

黄帝者

梁曜北[②]曰：「案：孔子删《書》肇於唐、虞，繫《易》起於包、炎。史公作《史》，每祖述仲尼，則本紀稱首，不從《尚書》之昉二帝，即從《易》辭之叙五帝，庶爲允當，而乃以黄帝、顓、嚳、堯、舜爲五，何邪？於是謂略三皇者有之，謂其遺羲、農者有之，謂其缺少昊者有之。夫略三皇可也，缺少昊可也，而遺羲、農不可也。蓋先儒舉三皇之名不一，或以天皇、地皇、人皇爲三，以

① 載，原稿誤作「戴」。

② 梁曜北，原稿誤作「梁曜者」，梁曜北即梁玉繩，所引内容爲《史記志疑》，本講義多處援引。

羲、農、黄帝爲三，或以女媧、或燧人、或祝融、或共工合羲、農爲三，或以盤古至燧人統爲三皇，或以羲、農、黄帝爲天皇、地皇、人皇，而羅泌《路史・前紀》復有初三皇、中三皇。凡斯衆説，半歸誣誕，總以年代悠遐，莫由詳定，有應削而不記，故曰略三皇可也。少昊、帝[①]、嚳三君，僅持其世，未有制作，觀顓、嚳兩紀皆稱頌語，非有行事可攷，則少昊類是矣。余方議史公之以顓、嚳入五帝，更何論少昊？且《繫辭》孔子之言而不及少昊、顓、嚳，尚奚譏《史》之無少昊哉？故曰缺少[②]昊可也。若羲、農，實與黄帝、堯、舜爲五帝，安得遺之。《繫辭》[③]而外，如《左傳》、《國語》、《禮記・月令》、《漢書・律歷志》均號羲、農爲帝。《封禪書》「泰帝」，及[④]伏羲。政足表先秦未嘗以羲、農、黄帝爲三皇，而

① 帝，覆瓾《史記志疑》作「顓」，疑是。
② 少，原稿抄脱，據《史記志疑》補。
③ 原稿作「安得繫之。《遺辭》」，「遺」「繫」二字誤倒，據《史記志疑》改。
④ 及，覆瓾《史記志疑》作「即」，疑是。

實與黄帝、堯、舜爲五帝。有疑《繫辭》統皇與帝言之者，殊未確。《後漢書・張衡傳》衡表奏司馬遷所叙不合事，請專據《繫辭》，并録羲、農。《潛夫論・五德志》依《易・繫》記伏羲以來，共求厥真。宋胡宏《皇王大紀》從之，誠卓識也。畫卦，名官，教耕，嘗藥，即此四端，德業夐絶，非少昊、顓、嚳之能矣。

問：《史》據《大戴[①]禮》、《孔子家語》《五帝德篇》，是亦從孔氏之言，豈俱謬歟？曰：《家語》乃魏王肅僞造以難鄭康成，非古《家語》，其所載孔子答宰我五帝德襲《大戴[②]禮》，而《大戴[③]禮》是漢儒采，且非出孔，烏足盡憑？不然，《家語・五帝篇》又載孔子答季康子，以羲、農、黄帝、少昊、顓頊爲五，與答宰我迥異，盌有孔子告人，歧頭别論，史公更何所見而舍此取彼乎？蓋五

① 戴，原稿誤作「載」。
② 戴，原稿誤作「載」。
③ 戴，原稿誤作「載」。

帝之名，先儒所舉亦不一，或以少昊、顓、嚳同堯、舜爲五，或同農、黄爲五，或同堯、舜、黄帝六帝爲五，或同羲、農、黄帝、堯、舜爲五，或同黄帝、堯爲五，而舜共三王爲四代，紛紜乖剌，其失均爾。問：後代氏姓無不出黄帝，是以首宗之。又名[①]柯維騏《史記考要》謂『黄帝鼎成升天，本方士説。太史公記之《封禪書》，見五帝之惑，此云崩且葬，所以祛後世之疑。因知黄帝一紀，專爲漢武帝好神仙寫照』，豈亦非欤？曰：否。帝王之上世不能悉詳，斷以姓氏盡出黄帝，未敢爲信，余有辨在下文。至若《史》之首黄帝，不過誤仍《大戴[②]禮》，將謂《大戴[③]禮》爲漢武寫照邪？書黄帝葬橋山，而不書顓、嚳葬頓丘，堯葬成陽，《史》偶不書，非關意義。使以書葬橋山爲喚醒求仙之惑，則《舜

① 名，覆覈《史記志疑》作「明」，疑是。
② 戴，原稿誤作「載」。
③ 戴，原稿誤作「載」。

紀》書葬零陵當作何解？ 唐司馬貞補《史記》云『史宜上自開闢，下迄當代，不合全闕』，殊不知三皇之事，若存若亡，五帝之事，若覺若夢，況皇、帝以前之荒邈乎？《列子[①]·楊朱篇》曰：『太古滅矣，孰[②]誌之哉？』《楚辭》屈平《天問》曰：『遂古之初，誰傳道之？』小司馬補《三皇本紀》，雖不補亦可也。」

承周案：三五之説紛錯難理，無識之徒馳騖於九頭五龍之紀，鞅掌於赫胥尊盧之世，妄訓多開，徒穢簡畢，史公之書一以孔子爲依歸。《戴記》雖雜出漢儒，要多爲七十子後學比所記，故史公據以爲本。《本紀》首黄帝，《世家》首太伯[③]，《列傳》首伯夷，皆此志也。《五帝紀·贊》曰：「孔子所傳《宰予問帝德》及《帝繫姓》。」《吴太伯世家》傳曰：「孔子言太伯可謂至德矣。三以

① 列子，原稿誤作「列於」，據《史記志疑》改。
② 孰，原稿誤作「熟」，據《史記志疑》改。
③ 伯，原稿作「白」，疑爲手寫簡化字，今徑改，下同。

天下讓，民無德而稱焉。」《伯夷列傳》曰：「孔子曰：『伯夷、叔齊，不念舊惡，怨是用希。』『求仁得仁，又何怨乎？』」則史公述作之旨，已自言之矣。

又案：《大戴》所記，名爲五帝，而實六人，此自有義，非如康成「德合五帝座星」之誕也。《書·孔序》《疏》已辨之。嘗讀董子《緐露》而得其説焉，《緐露·三代[①]改制質文篇》曰：「崩遷則存爲三王，絀滅則爲五帝，下至附庸，絀爲九皇，下極其爲民。」又曰：「《春秋》作新王之事，變周之事[②]，當正黑統，而殷、周爲王者之後，絀夏，改號禹謂之帝，録其後以小國。」是在周則軒轅爲五帝首，而禹别於三王，在春秋則禹絀爲帝，而黄帝絀爲九皇矣。作記者知此義，故上存黄帝而下存禹，以明推遂遞嬗之旨，史公不從者，以夏后氏歷世綿長，當别爲篇也。

① 代，原稿誤作「伐」，據《春秋繁露》改。
② 事，《春秋繁露》作「制」。

坿注　《索隱》曰：「《左傳》亦號帝鴻氏也。」案：《文十八年傳》杜注：「帝鴻，黄帝。」而《漢書・人表》列黄帝於上下，置帝鴻於上中，是班氏不以爲一人也。《正義》「又曰縉雲氏」。案：《文十八年傳》杜注：「縉雲，黄帝時官名。」孔《疏》引服虔曰：「夏官爲縉雲氏。」《昭十七年傳》《疏》同，又見下注應劭説是縉雲爲黄帝之臣，非即黄帝也。

「亦曰帝軒氏。」案：《御覽》七十九引《河圖握拒》曰：「黄帝名軒。」又引《世紀》：「黄帝亦號帝鴻氏，或曰歸藏[①]氏，或曰帝軒。」以上讀[②]文又見《路史・後紀》五引。

「母曰附寶，之祁[③]野」云云。案：《初學記》九、《御覽》七十九引《詩含神

① 藏，原稿誤作「職」，當爲「藏」字形譌，據《太平御覽》改。
② 讀，疑爲「諸」字之誤。
③ 祁，原稿誤作「邪」，據《史記正義》改。

霧》曰「大電繞北斗樞，照郊野，感附寶而生黃帝」，又見《河圖握拒》及《世紀》，而《文選・辨命論》注引《含神霧》「附寶」作「符寶」，未知孰是。《正義》「祁野」疑當以《詩緯》、《河圖》、《世紀》作「郊野」。

「懷孕二十四月而生黃帝於壽邱。」案：此《世紀》文，而諸書所引不同，《類聚》十、《初學記》一、《路史・後記》五並作「二十月①」，《御覽》七十九及百三十五並作「二十五月」，惟《書・孔序》《疏》作「二十四月」，與此同。

「壽丘在魯東門之北」，見《續漢・郡國志》注引《世紀》。

少典之子

《國語・晉語》：「昔少典娶於有蟜氏，生黃帝、炎帝。黃帝以姬水成，炎

---

① 二十月，原稿作「二十四月」，覆覈《藝文類聚》、《初學記》等皆作「二十月」，參詳上下文義，此處亦當是「二十月」，「四」爲傳抄衍文，據此删「四」字。

帝以姜水成。成而異德，故黄帝爲姬，炎帝爲姜。」韋注：「賈侍中云：『少典，黄帝之先。有蟜，諸侯也。炎帝，神農也。』虞、唐云：『少典，黄帝、炎帝之父。』昭謂：『神農，三皇也，在黄帝前。黄帝滅其子孫耳，明非神農可知也。言生者，謂二帝本所生出也。《内傳》「高陽、高辛氏各有才子八人」，謂其裔子耳，賈君得之。』」案：《索[①]隱》説本此，然《國語》明謂黄[②]帝、炎帝同父母，賈、韋之説終不可通，或《國語》所謂黄帝謂軒轅之先世邪？

姓公孫名曰軒轅

梁曜北[③]曰：「案：公孫非姓也，黄帝乃少典國君之後，故稱公孫，軒轅是

① 原稿「案」、「索」二字誤倒，不辭，今正之。
② 黄，原稿誤作「皇」。
③ 梁曜北，原稿誤作「梁曜者」。

其號。《漢・律曆志》：『黄帝始垂衣裳，有軒冕之服，故天下號軒轅氏。』司馬貞《史記索隱》引皇甫謐①《帝王世紀》言『黄帝居軒轅之丘②，因以爲名』，殊妄，蓋兹丘緣黄帝得名耳。然則黄帝何姓？曰：姓姬。《國語》晉胥臣云『黄帝以姬水成』，蓋炎帝之所賜也。黄帝何名？曰：不可攷已。《路史・後紀》載③帝名字，皆讖④緯雜説，不足信耳。」

弱而能言

坿注 《索隱》「潘岳有《哀弱子篇》，其子未七旬曰弱」。案：他書皆作

① 皇甫謐，原稿誤作「黄甫論」，據《史記志疑》改。
② 丘，原稿誤作「秋」，不辭，據《史記志疑》改。
③ 載，原稿誤作「戴」，據《史記志疑》改。
④ 讖，原稿誤作「識」，據《史記志疑》改。

《傷弱子辭》，見嚴輯《全晉文》九十三，其文云「惟元康二十[①]年春三月壬寅弱子生」，似弱子爲其子之名，「未七旬曰弱」，佗無所見。

幼而徇齊

洪筠軒曰：「《説文》：『徇，疾也。』《素問・上古天真論》：『黄帝幼而徇齊。』王砯[②]注：『徇，疾也。』」

坿注 《羣書治要》、《説文繫傳》引並作「侚」。

《集解》「徐廣曰《墨子》曰」云云。案：《索隱》引《墨子》同，惟「十五」作「五十」，少「無」字爲異，今本《墨子》無此文。

《索隱》云：「《孔子家語》及《大戴》並作『叡齊』，一本作『慧齊』。」錢竹汀

① 十，疑爲衍文，嚴可均輯《全晉文》無。

② 砯，原稿誤作「破」，據《讀書叢録》改。

曰：「今《大戴》作『彗①』，蓋『慧』之省。」

成而聰明

《素問·上古天真論》作「成而登天」。

神農時世衰

承周案：世衰謂末代君也。《御覽》七十八引《尸子》云：「神農十七世有天下，豈每世賢哉？牧民易也。」舊作七十②，《吕覽》乙。《吕氏·慎勢篇》云：「神農十七世有天下，與天下同之也。」《路史》載③十六帝，難信。《春秋命歷序》：「炎帝

① 彗，原稿誤作「慧」，據《廿二史考異》改。
② 七十，原稿作「七十篇」，「篇」當爲衍文，據上下文删。
③ 載，原稿誤作「戴」。

號曰大庭氏，傳八世，合五百二十歲。」《禮記・祭法》正義引。《世紀》云：「至榆罔，凡八世五百三十年。」《易①・繫辭》正義及《初學②記》九引。小司馬據之。說詳《補三皇本紀》。鄭君《六藝論》又以爲有七世合五百年。釋法琳《辨正論・三教治③道篇》注引。則神農傳世有十七世、八世、七世三説，未可肊決其孰是也。

坿注 《集解》引班固語見《白虎通・號篇》。《正義》引《世紀》「有神龍首，感生炎帝」，《易・繫辭》《疏》，《御覽》七十、又七十八、又百三十五皆作「有神龍首，感女登於常羊，生炎帝」。常，一作「尚」，一作「裳」。

「生於厲鄉，所謂列山氏也。」張曰：「疑有脱誤。《續漢・郡國志》南陽郡

① 易，原稿誤作「局」。
② 學，原稿誤作「本」。
③ 治，原稿有殘泐，據《辨正論》篇名補。

隨注引《荆州記》曰：『縣北界有重山，山有一穴，云是神農所生。』」

承周案：厲山氏，見《禮記·祭法》。烈山氏，見《左·昭二十九年傳》。《水經·漻水注》：「水南有重山，即烈山也。山下有一穴，父老相傳云是神農所生處也，故《禮》謂之烈山氏。水北有九井，子書所謂神農既誕，九井自穿，謂斯水也。又言汲一水[①]則衆水動。井今堙塞，遺迹髣髴存焉，亦云賴鄉，故賴國矣，有神農社。」

㠯征不享

洪筠軒曰：「《索隱》『一本或作「亭」，亭訓直，以征諸侯之不直者。』頤煊[②]案：《詩·韓奕》『榦[③]不庭方』毛《傳》：『庭，直也。』《國語·周語》『以待不庭

① 水，疑爲「井」字之誤。
② 煊，原稿誤作「宣」。
③ 榦，原稿誤作「幹」，據《讀書叢録》及《毛詩》改。

不虞之患』韋昭注：『庭，直也。』《左氏・襄十六年傳》『同討不庭』，『不亭』即『不庭』，古字通用。」

而蚩尤最爲暴莫能伐

案：古籍言蚩尤事咸多乖異。《書・呂刑》云：「蚩尤惟始作亂，延及於貧民①。」《逸周書・嘗麥篇》云：「赤帝分正二卿，命蚩尤宇于少昊，以臨四方。蚩尤乃逐帝，爭於涿鹿之阿，九隅無遺，赤帝大懾，乃説於黄帝，執蚩尤殺之於中冀，以甲兵釋怒，用大正，順天思序，紀於大帝，用名之曰絶轡之野。」《越絶書・計倪内經②篇》：「黄帝使少昊治西方，蚩尤佐之，主金。」即用此文。

---

① 貧民，覆覈《尚書・呂刑》作「平民」，疑原稿作「貧」誤。

② 經，原稿無，據《越絶書》篇名補。

《大戴記·用兵篇》："公曰：蚩尤作兵與？子曰：否！蚩尤，庶人之强者也。强，一作「貪」。及利無義，不顧厥親，以喪厥身。蚩尤惛慾而無厭者也，何器之能作？"

《山海經·大荒北經》云："有人衣青衣，名曰黄帝女魃。蚩尤作兵伐黄帝，黄帝①乃令應龍攻之冀州之野，蚩尤請風伯、雨師，從大風雨，黄帝乃下天女曰魃，以止雨，雨止，遂殺蚩尤。"

《管子·五行篇》云："蚩尤明於天道，黄帝使爲當時。"

又《地數篇》云："葛盧之山，發而出水，金從之，蚩尤受而制之，以爲劍鎧矛戟②。是歲相兼者諸侯③九，雍狐之山，發而出水，金從之，蚩尤受而制之，

---

① 黄帝，原稿無「帝」字，據《山海經》及上下文補。
② 戟，原稿誤作「戰」，據《管子》改。
③ 侯，原稿誤作「候」，據《管子》改。

以爲雍狐之戟[①]芮戈，是歲相兼者諸侯十二。」

《尸子》曰：「造冶者，蚩尤也。」《御覽》八百三十三引。

《莊子·盜跖篇》云：「黄帝不能致德，於[②]蚩尤戰於涿鹿之野，流血百里。」

《呂氏春秋·蕩兵篇》：「蚩尤作兵。蚩尤非作兵也，利其械矣，未有蚩尤之時，民固剥林木以戰矣。」高注：「蚩尤，少昊氏之末，九黎之君名也。」

《世本·作篇》云：「蚩尤以金作兵，一弓、二殳、三矛、四戈、五戟。」

後之學者又各爲肊説。

《書·呂刑》《釋文》引馬曰：「蚩尤，少昊之末，九黎君名。」僞孔[③]亦云九黎之

① 戟，原稿誤作「戰」，據《管子》改。
② 於，《莊子》傳世本多作「與」，「於」「與」可通，下文「萬國和而鬼神山川封禪與爲多焉」條有辨，此處或是省寫。
③ 此處或脱一「傳」字。

君號曰蚩尤。《呂氏·蕩兵篇》高注亦同。

孔《疏》引鄭曰：「蚩尤霸天下，黃帝所伐者。」《周禮·肆師》「祭表貉，則爲位」鄭注：「其神蓋蚩尤，或曰黃帝。」《五經異義》：「《公羊》說：『師出曰祠，兵入曰振旅。祠者，祠五兵：矛①、戟、劍、盾、弓鼓，及祠蚩尤之造兵者。』」詳陳氏《疏證》。《史記·高帝紀》：「高祖立爲太子②，祠黃帝、祭蚩尤于沛庭。」《漢書》同。裴、顏並引應劭曰：「蚩尤亦古天子，今《集解③》脱此四字。好五兵，故祠祭之。」又《封禪書》：秦始皇祠八神，「三曰兵主，祠蚩尤。蚩尤在東平陸監鄉，齊④之西竟也。」《漢書·郊祀志》同。韋昭云：「縣名，屬東⑤平郡。」《皇覽》云：「蚩

① 矛，原稿誤作「予」，據《五經異義》改。
② 太子，《史記》、《漢書》皆作「沛公」，疑原稿有誤，「太子」或當是「天子」。
③ 集解，原稿誤作「某解」。
④ 齊，原稿誤作「學」，據《史記》改。
⑤ 東，原稿誤作「車」。

尤冢在東平郡壽張縣闞鄉城中。」《漢書・地理志》：「蚩尤祠在壽良西北泲上。」又《藝文志・兵家》：「《蚩尤》二篇。」原注「見《呂刑》」。

夫蚩尤作兵，《山經》、《管子》、《地數①》。《世本》俱言之。《尸子》以爲造冶，亦爲冶也。孔子、呂氏俱辨之，孔子以爲庶人之强者，應劭、顧②以爲古天子，鄭《書》注亦云「蚩尤霸天下」，何哉？蓋蚩尤本炎帝諸侯，《周書》所謂「宇於少昊，以臨四方」者也，作兵好戰，逐霸天下，如共③工之比，故應劭以天子目之。《祭法》、《國語》謂共工氏霸九州，《漢・律歷志》亦列之帝者中。孔子以其凶德故斥爲庶人，王鳴盛說。非真庶人也，以有作兵之事，故後世用兵者祀之，秦始、漢高之□④及

---

① 地數，原稿誤作「地教」。
② 顧，疑爲「顔」字之誤。
③ 共，原稿誤作「其」。
④ 此處原稿有空白，疑有脱誤。

《周》注「《公羊》説」所言是也。《漢志》所載《蚩尤兵法》則亦緣作兵之故，後人僞□□[①]作説之蚩尤耳。全謝山《經史問答》卷八。謂「蚩尤爲黄帝造兵，自是作者之聖」，「疑造兵之蚩尤是一人，阪泉[②]倡亂之蚩尤又是一人」，「如古來作射之人名羿，而有窮之君亦以爲名，此其證也。後世所祭則造兵之蚩尤，非阪泉[③]倡亂之蚩尤也」。按：《山經》明言蚩尤作兵伐黄帝，《大戴記》蚩尤作兵事，亦云「及利無義，不顧其親，以喪厥身」，則作兵之人即倡亂之人。全[④]氏以爲二人，蓋無稽之談也。惟《管子·五行篇》所言「明於天道，黄帝使爲當時」之蚩尤列於六相，或當别爲一人。其諸怪語之書，銅頭鐵額之説，八肱八趾之讀，上見《正義》引《龍魚河圖》，下見《初學記》九引《歸藏啓筮》。斯宜絶智者之

① 此處原稿有空白，疑有脱誤。
② 泉，原稿誤作「衆」，據《經史問答》改。
③ 泉，原稿誤作「衆」，據《經史問答》改。
④ 全，原稿誤作「王」，據上下文改。

口耳。

坿注 《索隱》「《三朝記》凡七篇」云云。案：《漢志》「《論語》」録《孔子三朝》七篇。師古曰：「今《大戴禮》有其一篇。」《蜀志・秦宓①傳》曰：「昔孔子三見哀公，言成七卷。」裴注云：「案：《中經簿》有《孔子三朝記》八卷，一卷《目録》，餘者所謂七篇。」王伯厚《困學紀聞》卷五。云：「《大戴禮記》《千乘》、《四代》、《虞戴德》、《誥志》、《小辨》、《用兵》、《少間》，凡七篇。」承周案：王説是，顔説非也。

藝五種

《大戴》、《家語》並作「設五量」。王肅云：「五量：權衡、斗斛、尺丈、里

① 宓，原稿誤作「密」，據《三國志》篇名改。

步、十百。」

坿注 《集解》引《周禮》，見《職方氏》。案：五穀之説，諸家各異，詳劉楚楨《釋穀》。《索隱》「《爾疋》」見《釋草》。

教熊羆貔貅貙虎

《説文》：「熊，獸似豕，山尻①，冬蟄。从②能、炎省聲。」

又曰：「羆，如熊，黄白文。手足同。从③熊、罷省聲，古文作㲍。」

又曰：「貔，豹屬，出貉國。」與《爾疋》異。（《説文》無貅字。雷浚曰：「疑古止作休。」）

又：「貙，貗，似狸。」《爾疋》同。

---

① 尻，原稿誤作「虎」，「尻」即「居」字。
② 从，原稿誤作「以」。
③ 从，原稿誤作「以」。

又曰：「虎，山獸之君，从[①]虍、从[②]虎足象人足。」

坿注　《索隱》引《書》見《牧誓》，《尒疋》見《釋獸》，下同。《禮》見《小戴記・曲禮》。《周禮・夏官・序官》「服不氏」注：「服不，服不服之鳥獸。」郭説見《釋獸[③]》注，《書》僞《傳》同。

以與炎帝戰於阪泉之野

《大戴》、《家語》「炎帝」作「赤帝」。《逸周書・史記篇》：「武不止者亡，昔日阪泉氏用兵無已，誅戰不休，並兼無親，文無所立，智士寒[④]心。徙居至獨鹿，諸侯叛之，阪泉以亡。」案：阪泉氏即榆罔，或以爲蚩尤，非也。見下。

---

① 从，原稿誤作「以」。
② 从，原稿誤作「以」，疑爲衍文。
③ 獸，原稿誤作「畝」。
④ 寒，原稿此處殘泐，據《逸周書》補。

坿注

《集解》引服虔説，蓋《左·僖二十五年傳》注文。

《正義》云云。案：《水經·㶟水注》：「涿水出涿鹿山，東北與阪泉合。《魏土地記》曰：『下洛城東南六十里有涿鹿城，城東一里有阪泉，泉上有黄帝祠。』《晉太康地理記》曰：『阪泉，亦地名也。』」則《正義》所引《晉太康地里志》即《地理記》。當作《魏土地記》。

與蚩尤戰於涿鹿之野

《漢書·刑法志》：「自黄帝有涿鹿之戰，以定火災。」注引鄭氏曰：「涿鹿在彭城南。」李奇曰：「黄帝與炎帝戰於阪泉，今言涿鹿，地有二名也。」文穎曰：「《律歷志》云『與炎帝後戰于阪泉』。涿鹿在上谷。今見有阪泉地、黄帝祠。」師古曰：「文説是也。彭城者，上谷北別有彭城，非宋之彭城也。」

承周案：阪泉、涿鹿相去一里。見上《水經注》引《魏土地記》。故李奇以爲地有二名。《漢·刑法志》所謂涿鹿之戰，即上文阪泉之戰。《賈子·制不定篇》：「黄帝行道，而炎帝不聽，故戰涿鹿之野。」《逸周書·史記篇》：「至於獨鹿，諸侯叛之。」亦謂阪泉之戰。謂黄帝與炎帝戰，非與蚩尤戰也。互詳下文。

坿注 《索隱》「或作濁鹿」。案：《逸周書》作「獨鹿」，古同聲通用。

遂禽殺蚩尤

梁曜北曰：「附案：宋李昉《太平御覽》卷九引《史記》曰：『蚩尤氏能徵風召雨，與黄①帝爭强，帝滅之於冀。』《路史·後紀》注云：「《史記》言尤能徵風召雨。」今本《史記》無之，豈事見他書，誤以爲《史記》歟？抑《史》文舊有，經後人妄删也？《後漢書·楊終傳》：『終受詔删《太史公書》爲十餘萬言。』是以漢人書

① 黄，原稿誤作「皇」，據《史記志疑》改。

中引《史記》，往往爲今本所無，疑皆楊終删之。但唐、宋以來，諸書多引《史記》，其間雖不免裁易譌舛，而參校異同，每有出于今本之外者。詳《自序傳》。得毋楊終既删之後，轉相傳寫，復被妄人改削乎？前賢均未論及，故執不知問。凡他書引《史》與今本異者爲附案。」

坿注 《集解》引《皇覽》「高七丈」，張曰：「《御覽》七十九引《皇覽》作『尺』。」《索隱》「或曰」云云。案：出《周書·嘗麥篇》，《事物紀①原》十引《尸子》亦云「黄帝斬蚩尤於中冀」。《初學記》九引《歸藏啓筮》云：「蚩尤出自羊水，八肱八趾，疏首。登九淖以伐空桑，黄帝殺之於青丘。」《周書》、《尸子》、《世紀》並異。

而諸侯咸尊軒轅爲天子

梁曜北曰：「案：唐劉知幾《史通·叙事篇》謂『《五帝本紀》無所取』，非妄

① 紀，原稿誤作「記」。

詆也。即如此段，由前言之，帝室衰而藩國暴；由後言之，共主虐而列辟離。半幅之内，遽相牴牾。同兹炎帝，而或僅守府，或輒耀兵；同兹黄帝，而忽則翼君，忽又犯上。頓成[①]矛盾，莫識[②]所從。炎帝其榆罔乎？《易·下繫》《疏》引《世紀》「八世爲榆罔」。雖典籍無徵，未必若桀、紂，安得浸陵君后而制之？軒轅固聖帝也，何至日寻干戈，習用兵旅？孔子繫《易》，稱黄帝、堯、舜垂衣裳而天下治，倘依《史》所載[③]，則征伐而得天下，當自黄[④]帝始矣。攷《逸周書·嘗麥篇》：『赤帝命蚩尤少昊宇[⑤]，以臨四方。蚩尤攻逐帝於涿鹿，黄帝乃執蚩尤殺之。』《傳[⑥]》

① 成，原稿誤作「或」，據《史記志疑》改。
② 識，原稿誤作「誠」，據《史記志疑》改。
③ 載，原稿誤作「戴」，據《史記志疑》改。
④ 黄，原稿誤作「皇」，據《史記志疑》改。
⑤ 少昊，原稿誤倒作「昊少」，據《史記志疑》改；「宇」疑當在「少昊」前，《逸周書》作「於宇少昊」，或「宇於昊」。
⑥ 傳，據《史記志疑》知原稿前當脱一「左」字。

僖二十五『黄帝戰阪泉之兆』，亦指蚩尤。然則阪泉之戰即涿①鹿之戰，是軒轅勤王之師，而非有兩事，故《逸周書·史記解》稱蚩尤曰阪泉氏，斯爲確證。始緣炎帝衰，諸侯不享，軒轅征之而來賓，爲炎帝征也。既因蚩尤謀逆，炎帝蒙塵，軒轅徵師以誅之，爲炎帝誅也。而天與人歸，尊爲天子。烏知非炎帝讓德遜位哉！蓋《紀》中兩『炎帝』字，俱『蚩尤』之誤。《路史·後記》云「蚩尤，姜姓，炎帝之裔，逐帝自立，僭炎帝」，當是因此致誤。其初三戰於阪泉而後勝之，猶作亂不用命，繼戰於涿鹿而乃殺之耳。或問：《國語》胥臣言：『炎帝、黄帝異德，用師相濟。』《大戴禮》孔子言『黄帝與赤帝戰』，二書乃史公所本，故論云『《春秋》、《國語》發明《五帝德》及《帝繫姓》』，此類是也。如子所説，豈皆不足據歟？曰：《國語》多舛，未可全憑，《大戴禮》更案②，不免僞託。而所謂炎帝、赤帝者，疑即指蚩尤。

① 涿，原稿誤作「逐」，據《史記志疑》改。
② 案，《史記志疑》作「雜」，疑是。

宋羅苹《路史·後紀》注曾引《大戴禮》諸書辨之。」

承周案：黄帝滅炎帝與蚩尤自是二事，梁氏妄謂《左傳》「黄帝戰阪泉之兆」及《周書》之阪泉氏俱謂蚩尤，以《紀》中而①炎帝爲蚩尤之誤，皆肊説也。在②《左》注云：「黄帝與神農之後③姜氏戰於阪泉。」《晉語》胥臣謂「黄帝、炎帝成而異德，用師相濟」，語至昭晰。梁氏之妄謂《國語》多舛，未可全憑，而其所憑信者，乃在無稽之《路史》。攷《賈子·制不定篇》云：「炎帝者，黄帝同父母弟也，各有天下之半。黄帝行道，而炎帝不聽，故戰涿鹿之野。」正與《國語》合，豈亦舛邪？《吕氏·蕩兵篇》云：「黄、炎故用水火矣。高注：「黄，黄帝也；炎，炎帝也。炎

① 而，據上下文疑爲「兩」字之誤。
② 在，疑爲「杜」字之誤。
③ 後，原稿作「后」，疑爲手寫簡化字，徑改。

帝爲火災，黄帝滅之也。」共工氏固次作難矣！五帝固相與爭矣。」《淮南·兵略篇》云：「兵之所由來者遠矣，黄帝嘗與炎帝戰矣，高注：「炎帝，神農之末世也，與黄帝戰于阪泉，黄帝滅之。」顓頊嘗與共工爭矣。」又云：「炎帝①爲火災，故黄帝禽之；共工爲水災，故顓頊誅之。」《史記·律書》曰：「黄帝有涿鹿之戰，以定火災，顓頊有共工之陳，以平水害。」《漢書·刑法志》同，李奇謂「涿鹿」即「阪泉」，見上。《漢書·律歷志》曰：「黄帝與炎帝戰于阪泉，遂王②天下。」豈皆舛邪？梁氏欲改兩炎帝爲蚩尤，其將並《大戴》、《家語》而改之邪？又將並《國語》、《呂覽》、《賈子》、《淮南》諸書而盡改之邪？甚矣其妄也。

① 帝，原稿抄脱，據《淮南子》及上下文補。

② 王，原稿誤作「亡」，據《漢書》改。

披山通道

坿注 《集解》「音詖，陂者」云云，張曰：「各本『音』字譌『爲』，『陂』字譌『詖』，依金壇段氏《説文注》改。案：《舜記》『披九山』，《正義》披音皮反[①]，謂旁其山邊以通，即本裴説。」承周案：張用段君披字注校。又，披者，披之籍字[②]，説詳《説文》「披」字下段君注。

登丸山

梁曜北曰：「附案：《封禅書》及《漢·郊祀志》、《路史》俱作『凡山』。唐徐堅《初學記》卷九引《史》作「桓山」，疑譌。宋裴駰《史記集解》引徐廣曰：『丸，一作凡。』

① 據《史記正義》，「披音皮反」當爲「披音皮義反」，抄脱一「義」字。

② 披之籍字，疑「披」是「陂」之誤，「籍」是「藉」之誤。

即指《封禪書》爲説。而不知『凡』乃古『丸』字也，『凡』字中从[①]一，唐張守節《史記正義》殊欠分明。《集解》徐説及《索隱[②]》、《正義》所載[③]别本，有[④]勝本文者，有字相通借者，有字異義同者，有字異義乖謬者，兹但舉義勝之條，餘偶及焉，並爲附案。又《史》注與他書謬解甚多，不能偏摘，間有所辨，亦以附案别之。《史》注所引人名，皆不著代。」

成芙卿曰：「今案：《水經·巨洋[⑤]水篇》：『巨洋水出朱虛縣泰山北，過其縣西[⑥]。注：巨洋水，北流逕朱虛縣故城西。漢惠帝二年，封齊悼惠王子劉章爲侯

① 从，原稿誤作「以」，《史記志疑》作「从」不誤，據改。
② 索隱，原稿誤作「索引」，據《史記志疑》改。
③ 載，原稿誤作「戴」，據《史記志疑》改。
④ 覆覈《史記志疑》，「有」後有「義」字，此處當有抄脱。
⑤ 洋，原稿誤作「澤」，據《史漢駢枝》改。
⑥ 西，原稿誤作「而」，據《史漢駢枝》改。

國。《地理風俗記》曰：「丹山在西南，丹水所出，東入海。」丹水由朱霖縣阜矣[①]，城東北二十里有丹山，世謂之凡山，縣在西南。丹、凡字相類，音從字變也。』《正義》據《括地志》定作『丸』，是也。唯云『《地志》唯有凡山』，此則唐本《漢志》之誤。《集解》引《地理志》稱『丸山』，知裴氏所見本作『丸』，可據以正唐以後諸本之譌。徐堅《初學記》九引《史記》作『桓山』，『丸』、『桓』音同，據此知唐本《史記》作『丸』不作『凡』，正與《正義》合。酈善長謂『丹』、『凡』字相類，音從字變，古今音皆『丹』、『丸』相近，其讀『丹』近『凡』者，偏隅之俗音耳，不足取證。酈[②]氏又據《風俗記》謂：『丹水由朱虛邱阜。』《括地志》：『朱虛故城在臨朐縣東六十里。』以今輿[③]地按之，丹水所出山在朱虛故城西北，則《風俗記》丹山在西南，當[④]爲

① 朱霖縣阜矣，《史漢駢枝》原作「朱虛邱阜矣」，與《水經注》同，本講義有抄誤。
② 酈，原稿此處殘泐，據《史漢駢枝》補。
③ 輿，原稿作「興」，據《史漢駢枝》改。
④ 當，《史漢駢枝》原作「南當」，此有脱文。

『北』字之譌。丹水東北[①]不得轉向南由朱虛矣。據《正義》引《括地志》謂『丸山在朱虛故縣西北二十里』，則酈注城東北二十里有丹山之説亦誤。」

承周案：《説苑·辨物篇》：「顔回曰：『似完山[②]之鳥。』」又見《抱朴子·辨問篇》，而《家語·顔回篇》、《顔氏家訓·文章篇》紀此事俱作「桓山之鳥」，《御覽》四百八十七引《説苑》作「丸山之鳥」，則「丸山」即「桓山」，亦即「完山」，三字同音。《初學記》九引《史記》「丸山」作「桓山」，事正相類。梁以爲譌字，非也。梁謂「凡」爲古「丸」字者，篆文作卂，隸變作丸，非凡字也。

坿注 《正義》「案：《地志》惟有『凡山』」，俗本「案」譌「括」，張校改此，謂《漢志》非魏王泰《括地志》也。

① 據《史漢駢枝》，此處脱「流」字。

② 山，原稿衍一「山」字，據《説苑》删。

登雞頭

梁曜北曰：「附案：《御覽》四十四及七九卷兩引《史記》此文，皆有『山』字，則『雞頭』下今本缺『山』也。」

成芙卿曰：「今案：平高故縣即今甘肅固原州治。《漢書・地理志》：『安定郡涇陽，开頭山在西，《禹貢》涇水所出。』开頭即雞頭，亦名薄洛山。《淮南子・墬形訓》：『涇出薄洛之山。』許慎曰：『薄洛山亦名岍頭山。』《續漢書・郡國志》安定郡烏支縣有薄洛①谷。音或轉爲牽屯，《十六國春秋・西秦録》乞伏結權自高平遷於牽屯是也。今俗名曰箕裘湫，亦以聲轉而譌。《括地志》謂笄頭在平高西百里，『西』當爲『南』字之誤也。酈氏云『大隴山之異名』，即《涇水注》，《崇文總目》稱《水經》已佚五卷，此注亦在其中矣。《太平寰宇記》於平高縣亦引

① 薄洛，原稿誤倒作「洛薄」。

之，亦名高山，《寰宇記》百泉縣涇水下引《水經》『涇水出安定涇陽縣高山』，注云『《山海經》曰高山，涇水出焉』，亦稱涇谷。《元和郡縣志》：『涇水源出百泉縣西南涇谷』，禄福故縣即今肅州治，在固原州西北，遠甚。《括地志》前說非也。《索隱[①]》一曰：『崆峒山之别名。』考崆峒古衹作崆桐，當是隴西地名，非山也。《史記》於丸山、岱宗、雞頭、熊湘並繫以登，而[②]東至于海，西至于空桐，南至于江。空桐但與江海類列，則其爲地名，而非山可知。韋昭曰『在隴右』，《索隱》前說云『在隴西』，最合。應劭及《索隱》後說並非也，前說崆峒山在大統之西，又西十里乃笄頭山也，亦似是而實非。至《莊子》稱廣成子學道崆峒山，崆峒本作空同，其稱空同山，蓋以其山在空同，因以地名名其山，猶涇水出薄洛谷，因目其水爲薄洛水也。而司馬貂統復以北戴斗極之空桐當之，不知《爾雅》之空

① 索隱，原稿誤作「索引」。
② 「而」後原稿有一空格。

桐在極北，與黄帝所至非一地，不可混而同之也。」

坿注

《索隱》「後漢王孟塞雞頭道」，案：見范書《隗囂傳》。《正義》引《抱朴子·内篇》，案：見《地真篇》，今本「九品」作「九加」，「空桐」作「洞庭」，「自然」作「自成」，當依此校正。又引《莊子》云云，案：見《在宥篇》。

登熊湘

成芙卿曰：「今案：《春秋》僖公四年『盟于召陵』杜預注：『潁川縣也。』晉召陵故縣在今河南郾城縣東三十五里，今尚有召陵岡，是其遺址。《封禪書》：『南伐至召陵，登熊耳山以望江漢。』《索隱》：『《荆州記》益①陽東北有熊耳山，齊桓公、太史公並登之。或云弘農熊耳，非也。』考《封禪書》之熊耳山，即《漢志》所稱

① 益，原稿誤作「蓋」，據《史記索隱》及下文改。

弘農郡盧氏熊耳山在東者是，今河南宜陽縣西接永甯縣界，有熊耳山。後漢建武三年，赤眉『積兵宜陽城西，與熊耳齊』是其地。東南距召陵岡傳[①]數百里，故桓公至召陵，得登之以望江漢。《楚世家》『齊桓公以兵侵楚，至陘山』，即《左傳》所謂『次於陘』是。《正義》引《括地志》云：『陘山在鄭州西南一百一十里。』此山今在新鄭縣西南，與大隗山並峙，適當郾[②]城召陵西北，宜陽熊耳東南，亦其證矣。若黄帝所登熊山，亦名熊耳山，在今湖南宜陽縣西。桓公伐楚，當楚文王之十六年，是時楚都郢，在今湖北荆州府治北。桓公伐楚，但至楚北境，即盟而還，焉得南踰楚都三四百里，以登宜陽之熊耳乎？《索隱》以益陽熊耳釋桓公所登之熊耳，而謂弘農熊耳爲非，抑近疏矣。黄帝所登熊耳，與湘山相近，自當以在益陽者爲是，而《集解》復引《封禪書》桓公所登者釋之，亦誤。至《正義》引

① 傳，《史漢駢枝》作「僅」。
② 郾，原稿誤作「鄽」，據《史漢駢枝》改。

《括地志》云在商州上洛，而齊桓公登之以望江漢，此熊耳則《漢志》所稱弘農上雒熊耳獲輿山在東北者也，今在陝西商州西南，在宜陽熊耳西南數百里外，去召陵陘山太遠，非桓公所登明矣，則《括地志①》亦非也。湘山，《漢志》謂在益陽北，《正義》則以艑山當之，考《秦始皇本紀》：『浮江，至湘山祠，逢大風，幾不得渡。上問博士曰：「湘君何神？」博士曰：「聞之，堯女、舜之妻而葬此。」於是始皇大怒，使刑徒三千人皆伐湘山樹，赭其山。』《水經・湘水注》：『洞庭湖中，有君山編艑同。山，湘君之所遊處，故曰君山。昔秦始皇遭風于此，而問其故，博士曰：「湘君出入則多風。」秦王乃赭其山，東北對編山，兩山相次，去數十里。』據此，則湘山、艑山本屬二山，湘山是君山之別名，《正義》合湘山、編②山而一之，殆非也。」

① 括地志，原稿誤作「地括志」。
② 編，《史漢駢枝》作「艑」。

北逐葷粥

葷粥，《孟子》作「獯鬻」，《漢書·匈奴傳》作「薰粥」，《説文》無「獯」字。

坿注《索隱》「匈奴别名也」云云。案：「淯維」見本書《匈奴傳》（《漢書》同），「鬼方」見《易·濟》，「玁狁」見《詩·六月》，《説文》無「玁」、「狁」字，當依《匈奴傳》作「獫狁」。（《釋文》云：「『玁』本又作『獫』，『狁』本亦作『允』。」）互詳《匈奴傳》《索隱》。

官命①皆以雲命爲雲師

案：《左·昭十七年傳》：「昔者黄帝氏以雲紀，故爲雲師而雲名。」杜注云：「縉雲氏，其一官也。」又《文十八年傳》：「縉雲氏有不才子。」《疏》引服虔

---

① 命，疑爲「名」字之誤。

曰：「夏官爲縉雲氏。」知服説與應劭同。

萬國和而鬼神山川封禪與爲多[①]焉

洪筠軒曰：「與，語助辭。《國語·周語》：『若雍其口，其與能幾何？』韋昭注：『與，辭也。』」

承周案：「與」與「於」同。《經義述聞[②]·通説上》云：「『於』可訓『與』，『與』亦可訓『於』。莊二十三年《公羊傳》：『桓之與夷狄驅之尔。』言桓公之於夷狄驅之尔也。『於』、『與』同義，故二字可互用[③]。《漢書·杜欽傳》：『况將軍之於主上，主上之[④]與將軍哉！』於亦與也。」於猶於是也。《詩·靈臺[⑤]》：「於論鼓鐘，於樂辟廱。」《正義》云：「『於』是思念鼓鐘，使之合偕，於是作樂在此辟廱宫中。」是

---

① 多，原稿抄脱，據《史記》補。
② 經義述聞，原稿誤作「經史述問」。
③ 用，原稿誤作「周」，據《經義述聞》改。
④ 主上之，原稿誤作「之主」，據《經義述聞》改。
⑤ 臺，原稿作「台」，疑爲手寫簡化字，據《毛詩》改。

於猶於是也。言鬼神山川封禪於是爲多也。

獲寶鼎迎日推筴

梁曜北曰：「案：上言黄帝習用干戈，以師爲衞，乃戰國時談兵者所附會。而史公書之，此言封禪山川，獲寶鼎神策，乃秦漢方士語，具載①《封禪書》中，蓋嗤其妄，而紀獨信之，豈得謂『釋言尤雅者著于篇』乎？」

坿注

《正義》曰：「命大撓造甲子。」案：《吕氏·勿躬②篇》云：「大撓作甲子。」《世本·作篇》云：「大撓作甲子。」宋衷曰：「大撓，黄帝史也。」又云「容成造曆」，案：《吕氏·勿躬③篇》云：「容成作歷。」《世本·作篇》云：「容成造

① 載，原稿誤作「戴」。
② 躬，原稿誤作「軀」。
③ 躬，原稿誤作「軀」。

歷。」宋衷曰：「容成，黄帝史官。」此所引《世本》及《注》，皆見《書·舜典》《疏》及《左傳》杜序《疏》，凡使書前人數引者，惟羣①先見者注之。《漢書·藝文志》陰陽家有《容城②子》十四篇，方技房中家有《容成陰道》二十六卷，本書《歷書》《索隱》云：「《系本》及《律歷志》黄帝使羲和占日，常儀占月，臾區占星氣，泠編造呂③，大橈作甲子，隸首作算④數，容成綜此六數而著《調歷》也。」説詳《歷書》。

舉風后力牧常先⑤大鴻

梁曜北曰：「附案：晉陶潛《四八目》作『力墨』，當是古字通借。而《路史·

①此字疑有訛誤。
②城，疑爲『成』字之誤。
③泠編，《史記索隱》作「伶倫」，「編」或是「綸」字之誤。「呂」前當脱「律」字。
④算，原稿誤作「真」。
⑤先，原稿抄脱，據《史記》補。

後紀》及《國名紀》作『力牧』，音彫，以《世紀》千鈞異力，軀羊牧民之夢爲妄[1]，恐不可信。凡他書之異者爲附案。」

承周案：《書·禹貢》《釋文》引《周公職録》云：「黄帝受命，風后受圖，割地布九州。」范書《張衡傳》注引《春秋内事》：「黄帝師於風后。」《潛夫論·讚學篇》：「黄帝師風后。」《留侯世家》《索隱》引《詩緯》云：「風后，黄帝師。」下云「化爲老子，以書授張良」，妄誕不取。陶潛《聖賢羣輔録》引《論語摘輔象》云：「黄帝七輔，風后受金法，力墨受準斥。」《御覽》八十二引《詩含神霧》云：「大禹之興，黑、風會紀。」案：均注「黑，力黑也。風，風后也。並黄帝臣」，案「黑」乃「墨」之誤，「力墨」即「力牧」也。《淮南·覽冥篇》云：「黄帝治天下，力牧、泰山稽輔之。」又見《列子注·黄帝篇》。《漢書[2]·張衡傳》注引《帝王世紀》云：「風后配上台，天老配中台，五聖配下台，謂之三

① 妄，原稿無，據《史記志疑》補。
② 當是「後漢書」。

公，其餘知命、規紀、《摘輔象》作「窺紀」。地典、力牧、常先、《御覽》七十九引此，下有「大鴻神皇庫封直人鎮大山稽鬼臾區」十五字。封胡、孔甲等，或以爲師，或以爲將。」《管子·五行篇》：「黄帝得六相而天地治，神明至，蚩尤明乎天道，故使爲當時。大常察乎地利，故使爲廪者。奢龍辨乎東方，故使爲土師。祝融辨乎南方，故使爲司徒。大封辨乎西方，故使爲司馬。后土辨乎北方，故使爲鬼□□□①。」案：常先之名，他無所見，疑即大帝鬼臾區，説詳《封禪書》。

坿注　《集解》：「班固曰：『力牧，帝相也。』」案：《漢書·藝文志》：「《力牧》十五篇。」原注「黄帝臣」，此作「相」，疑誤。又案：鄭玄云云，疑是鄭氏《藝文志注》，顔師古《漢書叙例②》引晉灼《音義》序云鄭氏不知其名，臣瓚《集解》輒云鄭德。或鄭君解注③。

---

① 原稿此處漫漶不清，《管子·五行篇》此句作「故使爲李」。

② 例，原稿誤作「列」。

③ 解注，原稿「解」字難辨，疑此指鄭玄《經解注》。

存亡之難

《大戴》「占」作「故」，《家語》同。徐廣引一云「幽明之數，合生死之説」。承周案：「順天地之紀，幽明之占。（句）合生死之説，存亡之難。（句）」《家語》作「達死生存亡之説」，以《家語》有「達」字，知《史記》本有「合」字也。

淯化鳥獸蟲蛾

《説文》：「蛾，羅也。」（在虫部。）又：「𧕴①，蠶也，飛𧕴也。或作蛾。」（在蚰部。）二字義别，蛾即俗「蟻」字，郭注《尒疋》②《釋蟲》云：「蛾，羅。」以爲蠶蛾，非也。《禮記》「蛾子時術之」注：「蛾，蚍蜉也。」《左傳·僖十五年傳》「蛾」《釋文》音「魚綺反」，云「本或作『蟻』」。《晉語》「蜹蛾蠭蠆皆能害人」，宋庠《補音》云：

① 𧕴，原稿誤作「蛾」，據上下文改。
② 郭注尒疋，原稿误作「郭尒注疋」。

「蛾，音蟻。」以及《楚詞①・天問》之「蟲蛾」、揚子雲《長楊賦》之「蛾伏」、范書《皇甫嵩傳②》之「蛾賊」、《漢仲秋下旬碑》之「蛾堉」，皆其本義。說詳桂氏《說文義徵③》。古音我聲、義聲皆在歌部，故「蛾」俗變作「蟻」，以別於「蛩」耳。《大戴④》「蟲蛾」作「昆蟲」。

故號黄帝

坿注 《索隱》「黄龍地螾⑤見」云云。案：《吕氏春秋・召類篇》：「黄帝

---

① 詞，原稿誤作「祠」。
② 皇甫嵩傳，原稿誤作「黄甫嵩傳」，據《後漢書》改。
③ 徵，原稿作「征」，疑爲手寫簡化字，據書名改。
④ 戴，原稿作「代」，疑爲手寫簡化字，據書名改。
⑤ 螾，原稿誤作「蠙」，螾即蚯蚓，據《史記索隱》改。

之時，天先見大螾大螻[①]，黄帝曰『土氣勝』，土氣勝，故其色尚黄。」[②]《御覽》九百四十七引《帝王世紀》云「黄帝時螾大如虹」。

黄帝二十五子其得姓者十四人

梁曜北曰：「案：《國語》胥臣言『得姓者十四人，爲十二姓』，二人同姓己，二人同姓姬故也。而其叙己、姬二姓之子兩舉青陽，明是《國語》誤文，以青陽爲姬姓者非。史公仍而不改，故《索隱[③]》述舊解云：『破四爲三，言得姓者十三人耳。』但青陽、夷鼓二己姓，《路史》作「夷彭」，以「鼓」爲非。任、荀、《路史》作「苟」，以「荀」爲非。僖、姞、儇、依十姓，纔得十二，加以酉、祁、滕、葴、餘皆與黄[④]帝同

① 螻，原稿誤作「螺」，螻即螻蛄，據《吕氏春秋》改。
② 此處引文出自《吕氏春秋·應同篇》，非《召類篇》。
③ 索隱，原稿誤作「索引」。
④ 黄，原稿誤作「皇」，據《史記志疑》改。

姓姬，豈惟二人？則《路史·後記》言『别姓者十二，餘循姬姓』，良是。」

承周案：青陽與夷鼓同己姓，玄囂與蒼林同姬姓，正與爲十二姓之説合。《潛夫論·志氏姓篇》亦云「黄帝之子二十五人，班爲十二①」故也。其「苟」姓，《路史·後紀》作「苟」，以《國語》、《史記》作「荀」爲非。《經義述聞》云：「《元和姓纂》，苟，《國語》黄帝②之後。《廣韻》四十五厚。『苟』下云《國語》云：本自黄帝之子。《軒轅黄帝傳》亦作苟。《潛夫論·氏姓③篇》苟作拘，拘、苟古聲相近，故苟通作拘也。」其僖姓，《潛夫論》及虞翻本《國語》並作釐，古通。虞翻，本篇《集解》引。其依姓，《述聞》云：「《潛夫論》作衣，《史記·五帝紀》《集解》、單行本《索隱》引《國語》並作衣，鄭注《中庸》曰『今姓有衣者』，《廣

① 十二，原稿誤作「三」，據《潛夫論》改。
② 帝，原稿抄脱，據《經義述聞》補。
③ 當爲「志氏姓」。

韻》衣字云『姓，出《姓苑》』，而依字不以爲姓。則《國語》之本作衣蓋明矣。」

居[1]軒轅之丘

【坿注】《集解》引《山海經》云云。案：「軒轅之丘」見《西山經》，又見《海外西經》，云「軒轅之國在此窮山之際」，「窮山在其北，不敢西射，畏軒轅[2]之丘」。郝懿行云：「《五帝紀》《索隱》、《周本紀》《正義》作『西射之南』，蓋誤衍。」

而娶於西陵之女

王懷祖曰：「西陵下脱『氏』字。下文昌意取蜀山氏女，帝嚳娶陳鋒氏女，皆有『氏』字。《太平御覽·皇王部》、《皇親部》引此並作『西陵氏』。《大戴

---

① 居，原稿誤作「后」，據《史記》改。

② 轅，原稿抄脱，據《山海經》補。

禮·帝繫篇》亦作『西陵氏』。」承周案：鮑刻《御覽·皇王部①》脱「氏」字，《皇親部》有。

是爲嫘祖

《御覽》百三十五引作「累七十九作「嫘」，蓋據今本改。祖」，《漢書·人表》作「絫祖」，與《索隱》引②《世紀》、《海内經》注引《世本》並同。絫，俗作累。

爲黄帝正妃

案：四妃見《晉語》。《漢書·人表》上中列黄帝四妃：首方雷氏，原注云：黄帝妃，生玄囂，是爲青陽。次絫祖，原注云：黄帝妃，生昌意③。次彤魚氏，原注：黄帝妃，生

① 皇王部，原稿脱「王」，據《太平御覽》及上文補。
② 原稿「隱」、「引」誤倒。
③ 生昌意，原稿誤作「昌生意」，據《漢書》改。

夷鼓。次㑓母。原注：黄帝妃，生蒼林。《荀子·賦篇》云：「嫫母，力父，是之喜也。」注：嫫母，醜女，黄帝時人。又見《戰國·楚策》、《韓詩外傳》四《楚策》文省□①。《吕氏春秋·遇合篇》云：「嫫女執乎黄帝。黄帝曰：『厲女德而弗望，與女正而弗衰，强惡奚傷？』」厲，注云：□②屬，疑厲字之誤。正與政同。

青陽降居江水

《大戴記》「江水」作「泜水」。

成芙卿曰：「今案：安陽，兩《漢志》並屬汝南郡，故城在今河南汝寧府正陽縣西南新息故縣，即今河南光州息縣，治正陽息縣，並在故安陽東北。江國，《路史·國名紀》以爲少昊後，嬴姓，而黄帝后③姬姓國，别有江水，《正義》

① 原稿此處漫漶不清，疑爲「誤」。
② 原稿此處漫漶不清。
③ 后，疑爲手寫簡化字。

以少昊後之江國釋江水，疏矣。而《路史》復于江水下注云：『元囂國，若之下流泜水也，今蜀州。』今爲四川成都府崇慶州地。若水，今之鴉礱江，其下流至西昌縣西，號曰打沖河，又東南至會理州，西與金沙江合流，即《水經》所謂『南過越巂邛都縣西，直南至會無縣，淹水東南流注之』者也，皆不經故蜀州境。《路史》既謂古江水國在蜀州，而又以爲若之下流，亦失之。」

降居若水

成芙卿曰：「今案：酈元《若水注》：『沿流，間關蜀土，黄帝長子昌意，據《史記①》，其一曰元囂，其二曰昌意，則長子誤。德劣不足紹大位，降居斯水，爲諸侯焉，娶蜀山氏女，生顓頊于若水之野。』若水，今爲雅礱江，據下文稱若水東南流，

① 史記，原稿誤倒爲「記史」。

鮮水注之，準之地望，雅礱江自霍耳章谷土師[①]以北，皆東南流，以南則否。然則古江水國在霍耳章谷土司西北可知，羅長源謂江水國在蜀州，以鳥道法計之，西北距霍耳章谷土司僅四百餘里，則江水正指岷江，而小司馬引《水經》而云蜀有此二水，其意蓋以盧江爲江水，不知瀘[②]江在朱提，今爲叙州府宜賓縣西南地，在故蜀州南數百里外，西北距故若水國千有餘里，相去太遠，不可從[③]。」

梁曜北曰：「案：《路史》言嫘祖生昌意、玄囂，則昌意乃玄囂之兄，未知孰是。至青陽固别一子，《國語》謂帝妃方雷氏所生。《大戴禮·帝繫》謂嫘祖所生，吴韋昭《國語注》以方雷即嫘祖之姓，恐非。則玄囂、青陽實是二人，史公合而一之，亦

---

① 師，覆覈《史漢駢枝》，原作「司」。

② 瀘，此處《史漢駢枝》原有小注「盧同」。

③ 從，原稿誤作「以」，不辭，蓋由「从」誤「以」，今據《史漢駢枝》改。

獨①《漢志》並蒼林、昌意爲一人。《史》注皇甫謐認夷鼓、蒼林②爲一人也。《帝繫》曰：『黄帝産青陽及昌意，青陽降居泜水，即江水。昌意降居若水。《大戴禮》蓋以玄囂爲青陽，《史》仍其誤，爲當衍『是爲青陽青陽』六字耳。或問：先儒③皆以少昊帝爲黄帝子，而少昊即青陽，詎不然歟？曰：否。此皇甫謐之徒妄論也，而其誤實自④《潛夫論·五德志》來。《史》不紀少昊，固屬脱漏，然《史》之失在以玄囂、青陽爲一人，未嘗以玄囂、青陽爲少昊帝摯也。攷逸。⑤」

① 獨，據《史記志疑》疑爲「猶」字之誤。
② 林，原稿抄脱，據《史記志疑》補。
③ 儒，原稿誤作「孺」，據《史記志疑》改。
④ 自，原稿誤作「至」，據《史記志疑》改。
⑤ 《史記志疑》此處爲「攷《逸周書·嘗麥解》」云云，或有抄脱。

伯夷列傳第一

張孟彪曰：「王、柯[1]本題『老子伯夷列傳第一』，别行注云：『《正義》本老子、莊子、伯夷居列傳之首。《正義》曰：「《老子》、《莊子》，開元二十三年奉敕升爲列傳首，處有[2]上。然漢武帝之時，佛教未興，道教已設。道則禁惡，咸致正理，制禦邪人，未有佛教可導，故列老、莊于申、韓之上。今既佛道齊妙，興法[3]乖流，理居列傳之首也。」今依《正義》本。』凌本亦有此注，而無末五字。蓋《正義》止『老子』以下至『首也』七十九字，首尾皆合刻者語。王、柯本皆依

① 柯，原稿誤作「何」，據《校刊史記集解索隱正義札記》改。
② 有，張文虎《校刊史記集解索隱正義札記》及張守節《史記正義》作「夷齊」，疑抄脱「夷」字，「齊」又誤「有」。
③ 法，原稿抄脱，據《史記正義》、《校刊史記集解索隱正義札記》補。

《正義》次序，以老子居列傳首。凌本雖亦用宋人合刻本，而不依其次，故刪去末五字。其餘各本本無《正義》，悉依史公舊次。《索隱①》本成書在《正義》前，未奉開元敕改，更無論矣。今校刊本亦依凌本之次，并②刪去此條。恐讀《正義》者以爲不備，故附列於此。『乖流』二字於文義不諧，『乖』疑『乘』字之譌。又王、柯、凌本又一條云：『監本老子與伯夷同傳，第一；莊子與韓非同傳，第三。』蓋亦合刻者所記。」

詩書雖缺

坿注　《索隱》云：「孔子刪三百五篇爲《詩》，今亡五篇。」案：《孔子世家》云「三百五篇孔子皆弦歌之，以求合《韶》、《武》、《疋》、《頌》之音。」《漢

---

① 隱，原稿誤作「引」。

② 幷，原稿誤作「拜」，據《校刊史記集解索隱正義札記》改。

書・昌邑王傳》龔遂曰：「大王頌①《詩》三百五篇，人事浹，王道備。」《儒林傳》王氏曰「臣以《詩》三百五篇朝夕授王」，曰「臣以《詩》三百五篇諫，是以無諫書」。《藝文志》云：「孔子純取周詩，上采殷，下取魯，凡三百五篇」，是則三百五篇之數，三家與毛不殊，惟毛公兼存《笙詩》六篇之目爲異耳。《索隱》所謂「今亡五篇」，文有數誤，五疑六之誤，謂《笙詩》也。至《論語》云「詩三百，一言蔽之」，又云「誦詩三百，使於四方，不能專對」。《禮器》云：「誦詩三百，不足以一獻。」皆舉成②數言之，《墨子・公孟篇》「誦詩三百，弦詩三百，歌詩三百，舞③詩三百」，亦本成數。與《索隱》語無涉。

《索隱》人④云「《書緯》稱孔子求得黃帝玄孫帝魁之書」云云。案：《書序》

① 頌，疑爲「誦」字之誤。
② 成，原稿誤作「戰」，據文義及下文改。
③ 舞，原稿誤作「鮮」，據《墨子》改。
④ 人，疑爲「又」字之誤。

《疏》謂鄭作《書論》，依《尚書緯[1]》云「孔子求書，得黄帝玄孫帝魁之書，迄秦穆公，凡三千二百四十篇。斯[2]遠取近，定可以爲世法者百二十篇。以百二篇爲《尚書》，十八篇爲《中候》」。《白虎通·五經篇》引《傳》云：「《史記》以[3]政録帝魁以來，除之《禮》、《樂》書[4]三千二百四十篇。」兩文符同，則《索隱[5]》「三百三十」乃「三百四十」之誤。

《索隱[6]》又云「見亡四十二篇」。案：小司馬據晚書五十八篇言之。下云《尚書》有《舜典》、《大禹謨》，亦據晚書也。

① 緯，原稿誤作「諱」。
② 斯，《書緯》作「斷」，作「斯」疑誤。
③ 以，《白虎通》作「從」，疑由「从」誤「以」。
④ 禮樂書，《白虎通》作「禮樂之書」。
⑤ 索隱，原稿誤作「索引」。
⑥ 索隱，原稿誤作「索引」。

天下重器

坿注 《索隱》引《莊子》云「天下大器」。案：見《讓王篇》。

義至高

坿注 《索隱》「《莊子》」云云。案：洗耳事惟見《高士傳》，疑此條皆《高士傳》文。一本「莊子」二字作「謂」字，當以[①]之。《莊子·讓王篇》云「許由虞於潁陽」，不云「洗耳」也。桐水，今《莊子》作「稠水」。《釋文》云本又作「桐」，司馬本作「洞」。《呂氏·離俗覽》作「潁水」。《水經·潁水注》云：「《呂氏春秋》曰『卞隨恥受湯讓，自投此水而死』。張顯《逸民傳》、嵇叔夜《高士傳》並言『投洞水[②]而死』，未知其孰是也。」又「廬水」《莊子》司馬本作「靈水」。《呂氏》作「募水」。

① 以，疑爲「从」之誤字。
② 洞水，《水經注》作「洞水」。

孤竹君之二子也

坿注 《索隱》云：「『其傳』蓋《韓詩外傳》及《呂氏春秋》也。」案：今《外傳》言夷、齊事甚略，卷一云伯夷、叔齊「殺身以成其廉」，卷三云伯夷、叔齊「目不視惡色，耳不聽惡聲」云云，均非《史記》所用。疑有佚敚。《路史・後①紀四》云：「伯夷父初字子朝，見《韓詩外傳》。」□□②所見多於今本。《呂氏・誠廉篇》云：「昔周之興也，有士二人，處於孤竹，曰伯夷、叔齊。二人相謂曰：『吾聞西方有偏伯焉，似將有道者，今吾奚爲處乎此哉？』二子西行入周，至於岐③陽，則文王已歿矣。武王即位，觀周德，則王使叔旦就膠鬲於次四內，而與之盟曰：『加富三等，就官一列。』爲三書④

① 後，原稿作「后」，疑爲手寫簡化字。
② □□，原稿此處漫漶不清。
③ 岐，原稿誤作「歧」，據《呂氏春秋》改。
④ 三書，原稿抄脱「三」字，據《呂氏春秋》及下文補。

同辭，血之以牲[①]，埋一[②]於次四内，皆以一歸。又使保召公就微子開於共頭之下，而與之盟曰：『世爲長侯，守殷常祀，相奉桑林，宜私孟諸。』爲三書同辭，血之以牲，埋一於共[③]頭之下，皆以一歸。伯夷、叔齊聞之，相視而笑曰：『譆，異乎哉！此非吾[④]所謂道也。昔者神農氏之有天下也，時祀盡敬而不祈福也。其於人也，忠信盡治而無求焉。樂正與爲正，樂治與爲治，不以人之壞自成也，不以人之庳自高也。今周見殷之避亂也，而遽爲之正與治，上謀而行貨，阻兵而保威也，割牲而盟以爲信，因四内與共頭以明行，揚夢以説衆，殺伐以要利，以此紹殷，是也以亂易暴矣。吾聞古之士，遭乎治世，不避其任，遭乎亂世，不爲苟在。今天下闇，周德衰矣。與其並乎周以漫吾身

---

① 牲，原稿誤作「姓」，據《吕氏春秋》改。
② 埋一，原稿抄脱「一」字，據《吕氏春秋》及下文補。
③ 共，原稿誤作「其」，據《吕氏春秋》改。
④ 吾，原稿誤作「五」，據《吕氏春秋》改。

也，不若避之以潔吾行。』二子北行，至首陽之下而餓焉。」以上皆《吕氏春秋》文，與《莊子・讓王篇》略同。亦與《史記》舊傳文義迥殊，史公蓋别有所據，《索隱》語誤。

又《索隱》「其傳云孤竹君」云云。案：《論語》《釋文》：「伯夷名允，字公信，叔齊名智，字公達。夷、齊，謚也。見《春秋少陽篇》。」邢略同。皇《疏》云：「孤竹之國，是殷湯正月三日丙寅日所封，其子孫相傳，至夷、齊之父也。三月丙寅，當依皇《疏》及《正義》作「正月三日丙寅日」。《路史・後記四》亦誤。父姓墨台，名初，字子朝，伯夷名允，字公信，叔齊名致，字公達。伯夷大而庶，叔齊小而正。父薨兄弟相讓不復立也。」疑亦本《少陽篇》，「智」作「致」，與《索隱》合。《困學紀聞①》卷七云：「《少陽篇》未②詳何書。原注引「真宗問陳彭年：『墨允、墨智何人？』彭年曰：『伯夷、叔齊也。』上問：『見何書？』曰：『《春秋少陽》。』夷、齊之父名初，字不朝」。則北

① 困學紀聞，原稿誤作「困學記聞」。

② 未，原稿誤作「本」，據《困學紀聞》及上下文義改。

宋時其書尚存。胡明仲曰：『《少陽篇》以夷齊伯叔之謚，彼①已去國，隱居終身，尚誰爲之節惠哉？蓋如伯達、仲忽亦名而已矣。』」

又案：「墨胎」，皇《疏》作「墨台②」。邢《疏》及《紀聞》、《道山③清話》載陳彭年事，俱作姓墨。《潛夫論·讚學篇》禹師「墨如」，盧召弓云「疑是『墨台』」，《路史·後紀四》云：「禹有天下，封怡以紹烈山，是爲默台。」又《國名紀》：「一云『怡』，一曰『默』。『怡』即『墨台』，雨④師。『墨如』或云『墨台』」。梁氏《人表攷》云：「《北周書·怡峰⑤傳》云：『本姓墨台，避難改焉。』則『台』即『怡』字，作『胎』非也。」

案：怡、胎皆台聲，古通用⑥，梁説泥。

---

① 彼，原稿誤作「被」，據《困學紀聞》及上下文義改。
② 台，原稿誤作「胎」，據上下文義，此處當作「台」。
③ 山，原稿誤作「三」。
④ 雨，疑是「禹」字之誤。
⑤ 峰，原稿誤作「夆」，據《漢書人表攷》改。
⑥ 用，原稿誤作「周」。

國人立其中子

案：皇《疏》云「伯夷大而庶，叔齊小而正，兄弟相讓不復立」，則夷、齊爲異母兄弟。《列士傳》云「竹君薨，伯夷長子當立，乃讓與弟叔齊，不受，乃讓與異母弟伯僚」，則中子亦與夷、齊異母也，惟「伯僚」之名似有可疑。王世貞《藝苑①巵言》謂當作「仲僚」。《路史・後紀四》以爲名憑，未詳所據。《水經・濡水注》云：「漢灵帝時，遼西太守廉翻夢人謂己曰：『余孤竹君之子，子伯夷之弟，遼海漂吾棺槨，聞君仁善，願見藏覆。』明日視之，水上有漂棺，吏嗤笑者皆無疾而死，于是改葬之。」又引《晉書地道志》曰：「遼西人見遼水有浮棺，欲破之。語曰：『我孤竹君子也。汝破我何爲？』立祠焉。」案：此事又見《博物志》（《太平廣記》引）及《搜神記》十六。太守「廉翻」，《博物志》作「黄翻」，《路史・後紀四》又誤作「虞翻」。

---

① 藝苑，原稿誤作「獲死」。

載木主號爲文王

案：《淮南·齊俗篇》：「武王伐①紂，載尸而行，海内未定，故爲三年之喪。」「爲」上舊有「不」字，上名曜柱刪②。《鹽鐵論·復古篇③》：「文王受命伐崇，作邑於豐；武王繼之，載尸以行，破商禽紂，遂成王業。」《龜策傳》云：「文王攻紂，病死，載尸④而行，太子發代將，戰於牧野。」則漢代傳聞有武王載尸而行之説。《論語》皇《疏》述此事亦云：「横尸不葬，豈得孝乎？」與此言載木主異。

隱於首陽山

案：首陽所在，言人人殊。以爲在遼西者，許慎也；《説文》。以爲在洛陽

① 伐，原稿誤作「代」。
② 上名曜柱刪，不辭，疑爲「王石臞徑刪」之誤。《淮南子》此句王念孫《讀書雜志》有説。
③ 復古篇，原稿脱「古」字。
④ 尸，原稿誤作「死」。

東北者，高誘、《吕氏・有始覽》注。戴延之《正義》引《西征記》。也；以爲在隴西者，曹大家也；《正義》引《幽通賦》注。以爲在岐陽西北者，張守節也；《正義》自説如此，人①謂「史傳諸書，夷、齊餓於首陽凡有五所」。案：《孟子》語與首陽無涉，張誤。謂在遼西者，由孤竹意之也；謂在洛陽者，由盟津意之也；謂在隴西者及岐陽者，由本書稱西山意之也；惟馬融《論語》注謂「首陽山在河東蒲坂縣華山之北，河東②之中」，鄭君注亦同，馬説《易》、《論語集解》及本書《正義》、鄭説《易》、《太平寰宇記》引。與《兩漢志》合，《詩・唐風》「采苓采苓，首陽之巔」，首陽在晉，其爲蒲反之雷首審矣。劉楚楨《論語正義》云：「《莊子・讓王》云『夷、齊北至於首陽之山，遂餓死』，蓋夷、齊至③孟津諫武後，遂由孟津西北至首陽也。《大戴記④・曾子制言中》『昔者，伯夷、叔齊死於溝澮之中』，又云『夫二

① 人，疑爲「又」字之誤。
② 河東，《論語正義》及下文引孔廣森注《大戴禮記》皆作「河曲」。
③ 至，疑爲「自」字之誤。
④ 大戴記，原稿作「大代記」，「代」字疑是手寫簡化字。

子者，居河濟之間』，孔氏廣森補注：『首陽山，在蒲坂河曲中，其南王屋，濟水所出，故云河濟之間。』孔氏釋首陽即本馬、鄭也。」

遂餓死於首陽山

梁曜北曰：「案：《史》所載[①]，俱非也。《孟子》謂夷、齊至周在文王爲西伯[②]之年，安得言歸於文王卒後？其不可信一已。說見《周紀》。《書·序》謂武王伐[③]紂嗣位已十一年，即《周紀》亦有九年祭畢之語，畢乃文王墓地，安得言父死不葬？其不可信二已。《龜[④]策傳》言「文王攻紂，病死，載[⑤]尸而行，太子發代戰于牧

① 載，原稿誤作「戴」，據《史記志疑》改。
② 伯，原稿誤作「北」，據《史記志疑》改。
③ 伐，原稿誤作「代」，據《史記志疑》改。
④ 龜，原稿有殘泐，據引書内容補。
⑤ 載，原稿誤作「戴」，據《史記志疑》改。

野」，尤妄。《禮・大傳》謂武王克商，然後追王三世，安得言徂征之始，便號文王？其不可信三已。東伐之時，伯夷歸周已久，且與太公同處岐、豐，未有不知其事者，何以不沮於帷帳定計之初，而徒見[1]於干戈既出之日？其不可信四已。曰『左右欲兵之』、『太公扶去之』，武王之師不應無紀律若是。萬或緩不及救，則彼殺比干，此殺夷、齊，不真若以暴易暴乎？其不可信五已。《正義》數首陽有五，前賢定夷、齊所隱爲蒲坂之首陽，見《困[2]學紀聞》七。空山無食，采薇其常爾，獨不思山亦周之山，薇亦周之薇，而恥周之粟，于義爲不全？其不可信六已。《天問》云「驚女采薇鹿何祐[3]」，必指夷、齊，王逸注恐非也。劉峻《辨命論》「夷叔斃淑媛之言」，注引《古史考》謂：「野有婦人，難夷、齊采薇曰：『子義[4]不食周粟，此亦周之草

① 見，《史記志疑》作「諫」是。
② 困，原稿誤作「國」。
③ 祐，原稿字形似「稀」，據《楚辭》改。
④ 義，原稿誤作「又」，蓋由「義」簡化字「义」字而誤。

木也。』於是餓死。」《路史·後紀四》引《類林》云：「夷、齊棄薇不食，白鹿乳之。」

《論語》稱『餓於首陽之下』，未嘗稱餓死。孔子餓陳①、蔡，灵輒餓翳桑，詎必皆至于死，且安知不于逃國之時餓首陽耶？其不可信七已。馬總《意林》引《論衡》言二子奪國，餓死首陽，其説雖妄，然亦可證其非恥周之故，至《韓子·和氏篇》言武王讓以天下弗受，餓死；《外儲説左》言伯夷以將軍禮葬首陽，則誕也。即云恥食周粟，亦止于不食糈禄，非絶粒也。《戰國·燕策》蘇秦曰：『伯夷不肯爲武王之臣，不受封侯。』《蘇秦傳》有。《漢書·王貢兩龔鮑傳》序曰：『武王遷九鼎于洛邑，伯夷、叔齊薄之，不食其禄。』豈果不食而死歟？其不可信八已。即云不食餓死，而歌非二子作也。《詩》遭秦火，軼詩甚多，烏識《采薇》爲二子絶命之辭？況歌言西山，奈何以首陽當之？設《唐風》之《采苓》爲軼詩，則詩明著首陽，將指爲夷、齊所作歟？夫同一《燕燕》，《小序》以爲莊姜送妾，《列女傳》以爲定姜送婦；同一《黍離》，

① 陳，原稿誤作「陣」，據《史記志疑》改。

《韓詩》以爲尹[①]吉甫子伯奇弟伯封作，見《曹[②]植集·令禽惡鳥論》及《御覽》四百六十九。齊魯《詩》以爲衛宣子壽閔其兄伋而作。見《新序·節士》及《容齋四筆》。《白虎通·諫諍篇》以《相鼠》爲妻諫夫之詩。《列女傳》以《芣苢》蔡女作，《行露》申女作，《柏舟》齊女[③]作，《大車》息夫人作。趙岐《孟子》注以《鴟鴞[④]》爲刺邠君，以《小弁》爲伯奇[⑤]之詩。《列子·仲尼篇》以『立我蒸民，莫匪爾極，不識不知，順帝之則』，爲堯時童謡。《吕氏春秋·慎人篇》以《北山》『普天之下』四語爲堯[⑥]作之詩，《求人篇》以《鄭風》『子惠思我』四語爲子産所

---

① 尹，原稿誤作「聲」，據《史記志疑》改。
② 曹，原稿誤作「遭」。
③ 女，原稿抄脱，據《史記志疑》補。
④ 鴞，原稿誤作「鳴」。
⑤ 奇，原稿誤作「齊」，據《史記志疑》改。
⑥ 堯，《史記志疑》作「舜」是。

作之詩。《文選①》李少卿《與蘇武詩》注引《琴操》以《鄒虞》爲邵②國之子所作。《水經注》五以《新臺》爲齊姜③所賦。《困學紀④聞》三謂近以《關雎》爲畢公作，又引袁孝政《釋劉子》以《青蠅⑤》爲刺魏武公。宋張載《正蒙·樂器篇》以《唐棣⑥》爲文王之詩。岐頭別見，莫辨所由，則史公偶得一詩，而漫屬之夷、齊，毋乃類是？其不可信九矣。孔子稱夷、齊無怨，而詩歎命衰，怨似不免，且其意雖不滿於殪殷，而易暴之言甚戇，不必加以武王，其不可信十已。先儒多有議及者，詞義繁蕪，不能盡録，余故總攬而爲此辨。《藝文類聚》三十七載魏糜元《弔夷齊文》，咎二子餓死背周爲非，不爲無見。」

①文選，原稿誤作「文違」，據《史記志疑》改。
②邵，原稿誤作「郡」。據《史記志疑》改。
③姜，原稿誤作「妻」，據《史記志疑》改。
④紀，原稿誤作「記」。
⑤青蠅，原稿誤作「青蛇」，據《史記志疑》改。
⑥棣，原稿誤作「帝」，據《史記志疑》改。

承周案：古事傳聞自多異説，梁氏之論亦多意必之言，不足辨也。《文選·辨命論》「夷齊[①]斃叔[②]媛之言」，李注引《古史攷》云：「伯夷、叔齊隱於首陽山，采薇而食，野有婦人謂之曰：『子義不食周粟，此亦周之草木也。』於是餓死。」《論語》皇《疏》云：「夷、齊反首陽山，責身不食周粟，唯食草木而已。後遼西令支縣祐家白張石虎往蒲坂采材，謂夷、齊曰：『汝不食周粟，何食周草木？』夷、齊聞言，即遂不食，七日餓死。」《列士[③]傳》云：「夷、齊隱於首陽山，王摩子入山難之，曰：『君不食周粟，而隱周山、食周薇，奈何？』二人遂不食薇。」三説相類而名氏各殊，《列士傳》又云：「經七日，天遣白鹿乳之，得數日，夷、齊私念此鹿肉，食之必美。鹿知其意，不復來，遂餓而死。」《金樓子·

① 齊，《文選》作「叔」。
② 叔，《文選》作「淑」。
③ 士，原稿誤作「氏」。

興王篇》云：「夷雍之子名伯夷、叔齊，不食周粟，餓於首陽，依麋鹿以爲羣，叔齊起害鹿，鹿死，伯夷恚之而死。」雖皆齊東之語，而《天問》已有「驚女采薇鹿何祐」之言，梁氏《志①疑》謂必指夷、齊，塙不可易。則自戰國以來有此傳説也。

天道無親常與善人

《金匱》載太公語曰：「天道無親，常與善人。」《御覽》三百二十九引《六弢》亦有「天道無親」語。又见《老子》七十九章、《説苑·談②叢篇》。《説苑》「天道」譌「天地」。又《説苑·敬慎篇》載金人銘亦有此二語，《家語·觀周篇》同。今本下句誤作「而能下人」，《御覽》五百九十引《家語》作「常與善人」，與《説苑》合。

① 志，原稿誤作「意」。
② 談，原稿誤作「讀」。

可謂善人者非邪

《索隱》單行本作：「可謂善人者邪？ 抑非也？」王石臞曰：「《淮南王傳》曰：『公以爲吴興兵是邪？ 非也？』《貨殖傳》曰：『豈所謂素封者邪？ 非也？』語意並與此同，疑《索隱》本是原文，而今本乃後人所改也。《老子》曰：『侯王自稱孤、寡、不穀，此其以賤爲本邪？ 非乎？』語意亦相似。」

糟糠不厭

坿注 《索隱》云「糟糠之妻」。 案：《後漢書・宋弘傳》云：「糟糠之妻不下堂。」本書《貨殖傳》云：「原憲糟糠不厭。」[1]《説苑・立節篇》云：「曾子糟糠之食未得飽。」

---

① 《史記・貨殖列傳》今作「原憲不厭糟穅」。

盗跖日殺不辜

《索隱》「跖」作「蹠」，注曰「蹠及注作跖，並音之石反」。王石臞曰：「據此則正文本作『蹠』，《集解》内當有『蹠作跖』之語，故云『蹠及注作跖，並音之石反』也。今本文正作『跖』，又脱去《集解》，則與《索隱》不合，乃或改其文曰『蹠與跖同，並音之石反』，斯爲謬矣。《正義》述正文亦作『蹠』字。」

暴戾恣睢

錢竹汀曰：「睢、睢二字，形聲皆别。從劉音字當从①目，從鄒音字當从且，小司馬兼存二音而不辯正，何也？《李斯傳》『有天下而不恣睢』，《索隱②》止有『呼季反』一音。」

① 从，原稿誤作「以」。下「从且」同。
② 隱，原稿抄脱。

或擇地而蹈之

坿注 《索隱》「不飲盜泉」。案：《淮南・說山篇》云「曾子立廉，不飲盜泉」，《說苑・談[①]叢篇》云「水名盜泉，孔子不飲」，《尸子》云「孔子過於盜泉，渴矣而不飲，惡其名也」，《鹽鐵論・晁錯篇》云「孔子不飲盜泉之流」，《論語撰考》云「水名盜泉，仲尼不漱」，又見《劉子・鄙名篇》。《論衡・問孔[②]篇》云「孔子不飲盜泉之水」。

又《正義》謂「北郭駱、鮑焦等是也」。案：「駱」乃「騷」之誤，北郭騷事見《晏子・雜上篇》、《吕氏・士節篇》、《說苑・復恩篇》。鮑焦事見《韓詩外傳》一、《新序・節士篇》。又《莊子・盜跖篇》云鮑焦「飾行非世，抱木而死」，《說苑[③]・雜言篇》云「鮑焦抱木而立枯」，《後漢書・崔駰傳》注引《說苑》云「鮑焦

① 談，原稿誤作「讀」。
② 原稿「孔」後衍「子」字。
③ 苑，原稿抄脱，據書名補。

衣木皮，食木實。」互詳《鄒陽傳》《索隱①》。

富貴如可求至爲之

今《論語》「富而可求」，無「貴」字。《集解》引鄭注有「貴」字，《論語》何《解》引同，蓋鄭所據本與史公同也。

衆庶馮生

錢竹汀曰：「每、冒聲相近，貪生之義，較『馮』爲長。」

承周案：《漢書·賈誼傳》、《文選·鵩鳥賦》字皆作「每」，本書《賈誼②傳》及此文字皆作「馮」，而鄒誕生本亦作「每」。《方言》十三：「㑋，貪也。」《廣

① 索隱，原稿誤作「索引」。
② 賈誼，原稿誤作「誼賈」。

雅·釋詁》同，《賈誼傳》《索隱》「㩓」字合以手旁是也。方氏《通疋》曰：「班固《叙傳》『每生有禍』，《後漢書·孔①融傳》云：『豈其②員園委曲，可以每其生哉！』」皆訓每爲貪。互詳《賈誼傳》。

附驥尾而行益③顯

梁曜北曰：「案：《日知録》廿一曰：『本是附夫子耳，避上文雷同，改作「驥尾」，使後人爲之，豈不爲人譏笑？』余攷《樊酈滕灌傳》論亦有『附驥之尾』句，謂高祖也。」

① 孔，原稿誤作「禮」。
② 其，原稿誤作「有」，據《後漢書》改。
③ 益，原稿誤作「亦」。

管晏列傳第二

潁上人也

梁曜北曰：「案：《説苑・尊賢》云：『管仲，故成陰之狗盜也。』成陰即高密，與潁上異。又夷吾謚敬仲，似當書之。」

承周案：《説苑》「成陰」元本作「城陰」，《御覽》四百七十四同。《水經・潁水篇》云：「潁水出潁川陽城縣西北少室。」《漢志》同。酈氏謂「陽城」即「趙臨侯國」，而《漢表》「陽城」作「城陽」，《説苑》「城陰」疑「城陽」之誤。舊謂成陰即高密，於地望似合，顧無以解於潁上之文，似非。

坿注　《正義》引韋昭云「管嚴之子」，張曰：「今《國語》注無此四字。」

承周案：下文《索隱》引《系本》云「莊仲山產敬仲夷吾」，韋昭即用《世本》，「嚴」下捝「仲」字，嚴仲即莊仲也，宋公序本正有「管敬仲之子」五字，明道本偶捝耳。

常欺鮑叔

坿注

《索隱①》「《呂氏春秋》」云云，今本無此文。

管仲事公子糾

承周案：《管子》云：「齊僖公生公子諸兒、公子糾、公子小白。使鮑叔傅小白，鮑叔辭，稱疾不出。管仲與召忽往見之，曰：『何故不出？』鮑叔曰：『先人有言曰：「知子莫若父，知臣莫若君。」今君知臣不肖②也，是以使賤臣傅小白也，賤

① 索隱，原稿誤作「索引」。

② 肖，原稿誤作「有」，據《管子》改。

臣知弃矣。』召忽曰：『子固辭無出，吾權任子以死亡，必免子。』鮑叔曰：『子如是，何不免之有乎？』管仲曰：『不可，持社稷宗廟者，不讓事、不廣閒。將有國，未可知也。子其出乎！』召忽[1]曰：『不可，吾三人者之於齊國也，譬之猶鼎之有足也，去一焉必不立矣。吾觀小白，必不爲後矣。』管仲曰：『不然也。夫國人憎惡糾之母，以及糾之身，而憐小白之無母也。諸兒長而賤，事未可知矣。夫所㠯定齊國者，非此二公子者，將無已也。小白之爲人，無小智惕而有大慮，非夷吾莫容小白。天不幸降禍加殃于齊，糾[2]雖得立，事將[3]不濟，非子定社稷，其將誰也？』召忽曰：『百歲之後，吾君卜世，祀[4]吾君命，而廢吾所立，奪吾糾也，雖得天下，吾不生也。兄與我齊國之政也，命受君令而不改，奉所立而不濟，是吾義

① 忽，原稿誤作「乎」，據《管子》改。
② 糾，原稿誤作「紀」，或由「糺」字致誤。
③ 將，原稿誤作「時」，據《管子》改。
④ 祀，《管子》作「犯」，當是。

也。』管仲曰：『夷吾之爲君臣也，將承君命，奉社稷目持宗廟，豈死一糾哉！夷吾之所死者，社稷破，宗廟滅，祭祀絶，則夷吾死之。非此三者，則夷吾生。夷吾[①]生則齊國利，夷吾死則齊國不利。』鮑叔曰：『然則奈何？』管子曰：『子出奉令[②]則可。』鮑許諾，乃出奉令，遂傅小白。」《大匡篇》。《韓子》云：「管仲、鮑叔相謂曰[③]：『君亂甚矣，必失國。齊國之諸公子其可輔者，非公子糾則小白也，與子人事一人焉，先達者相收。』管仲乃從公子糾，鮑叔從小白。國人果弑君，小白先入爲君，魯人拘管仲而效之，鮑言而相之。」《説林下篇》。《吕氏春秋》曰：「鮑叔、管仲、召忽三人相善，欲相與定齊國，以公子糾爲必立。召忽曰：『吾三人者於齊國也，譬之若鼎之有足，去一焉則不成，且小白必不立矣，不若三人佑公子糾

① 吾，原稿誤作「無」，據《管子》改。
② 令，原稿誤作「今」，據《管子》改。
③ 曰，原稿誤作「也」，據《韓非子》改。

也。』管仲曰：『不可。夫國人惡公子糾之母，以及公子糾，公子小白無母而國人憐之，事未可知。不若令一人事公子小白。夫有齊國必此二公子也。』故令鮑叔傅公子小白，管仲、召忽居公子糾所。」《不廣篇》。據此諸文，則三人爲怠①，分事二公子，素所謀然也。

鮑叔遂②進管仲

說世師《齊世家》。③

坿注 《正義》引韋昭云云。案：此《齊語》注文。彼文云「鮑敬叔之子叔牙」，此挩「敬」字。

① 怠，疑有誤。
② 遂，原稿誤作「邊」，據《史記》改。
③ 此段文字不辭，疑有脱誤。

任政於齊

【坿注】《正義》引《管子》云云。《管子·入國篇》云「入國四旬，五行九惠之教，一曰老老、二曰慈幼、三曰恤孤、四曰養疾、五曰合獨、六曰問疾、七曰通窮、八曰振困、九曰接絶」云云，此節引。

管仲曰至知我者鮑子也

承周案：劉向《管子叙録》及《列子·力命篇》亦載此文。又《韓詩外傳》云：「昔鮑叔有疾，管仲爲之不食不内漿，甯戚患之。管仲曰：『生我者父母，知我者鮑子。士爲知己者死，馬爲知己者良。鮑子死，天下莫吾知，安用水漿？雖爲之死，亦何傷哉？』」《初學記》十八引，今《外傳》無。《説苑》云：「鮑叔死，管仲舉上袵而哭之，泣下如雨，以[1]者曰：『非君父子也，亦有説乎？』管仲曰：『非夫子所知也，吾嘗與鮑子負販於南陽，吾三辱于市，鮑不以我爲怯，知我之欲有所明也；鮑子嘗與我有所説王者，盧召弓曰：「『王』疑『主』。」而三不見聽，鮑子不以我爲不肖，知我之不遇明君也；鮑子嘗與我臨財分貨，吾自取多者三，鮑子不以我爲貪，知我之不足于財也。生我者父母，知我者鮑子也。士爲知己者死，而況爲之哀乎！』」《復恩篇》。《黄氏日鈔》謂《説苑》記歲月先後合考，蓋以諸書記管子病疾，桓公問之，而管子有論鮑叔之語，疑鮑叔未嘗先管仲死也。事見《管子・戒篇》、《莊子・徐無鬼篇》、《韓子・十過篇》、《吕氏・貴公篇》、《列子・力命篇》。

有封邑者十餘世

承周案：以文義求之，所謂「子孫世禄於齊，有封邑者十餘世，常爲明大

① 以，疑爲「从」字之誤。

夫」，皆指鮑叔而言。《索隱》引《系本》云云，以管氏子孫説之，大謬。

而多鮑叔能知人也

承周案：《説苑》云：「子貢問孔子曰『今之人臣①』，孔子曰：『吾未識也，往者齊有鮑叔，鄭有子皮，賢者也。』子貢曰：『然則齊無管仲，鄭無子産乎？』子曰：『賜，汝徒知其一，不知其二，汝聞進賢爲賢耶？』子貢曰：『進賢爲賢。』子曰：『然，吾聞鮑叔之敬②管仲也，聞子皮之進子産也，未聞管仲子産有所進也。』」《臣術篇》。又見《韓詩外傳》卷七，文有脱誤。及《家語》。《賢君③篇》。

① 覈諸《説苑》，此處疑抄脱「孰爲賢」三字，或有省略。
② 敬，據《説苑》及上下文，疑當作「進」。
③ 賢，原稿誤作大字，當爲篇名小注。君，原稿誤作「盧」。

管仲既任政相齊

坿注 《正義》引《國語》云。按：此《齊語》文，又見《管子》。《小匡篇》。「寬和惠民」，《國語》作「寬惠柔民」，《管子》作「寬惠愛民」。「忠惠」，《國語》、《管子》皆作「忠信」。又《國語》語「不」字皆作「弗」字。

故其稱曰至[①]六親固

案：《管子·牧民篇》文，二「而」字皆作「則」，尹注：「服，行也。」《正義》以爲服御物，誤。又尹注未[②]本篇「以家爲家，以鄉爲鄉，以國爲國，以天下爲天下」，「如地如天，何私何私[③]何親？如月如日，唯君之節」，即是六親，與

---

① 至，原稿誤作「王」，當爲標記注文起止語。
② 未，疑爲衍文。
③ 何私，當爲衍文。

《正義》説異。

坿注 《正義》引王弼云。按：此《老子》「六親不和有孝慈」注。

四維不張國乃滅亡

按：亦《牧民篇》文，彼文又云：「一維絶則傾，二維絶則危，三維絶則覆，四維絶則滅。傾可正也，危可安也，覆可起也，滅不可復錯也。」

下令如流水之原令順民心

按：《牧民篇》云：「下令於流水之原。」又云：「下令於流水之原者，令順民心也。」

故論卑而易行

按：《説苑·談[①]叢篇》云：「高論而不可及，不若卑論之有功也。」《潛夫論·實貴篇》云：「高論而相欺，不若卑論而誠實。」皆此易也。《史》、《漢》《張釋之傳》：「文帝曰：『卑之無甚[②]高論，令今可施行。』」語亦同意。

桓公至周室

事見《左氏傳》三年、四年《傳》，互詳《齊世家》。

桓公至之政

按：《齊世家》云：「山戎伐燕，燕告急於齊。齊桓公救燕，遂伐山戎，至於孤竹而還。燕莊公送桓公入齊境。桓公曰：『非天子，諸侯相送不出境，吾不可

① 談，原稿誤作「讀」字。
② 甚，原稿誤作「基」字。

以無禮於燕。』於是分溝割燕君所至與燕，命燕君復修召公之政，納貢於周，如成康之時。諸侯聞之，皆從齊。」《燕世家》略同，皆不載管仲語。《賈子·春秋篇》云：「齊桓公之始霸也，翟人伐燕。桓公爲燕北伐翟，乃至於孤竹，反，而使燕君復召公之職。桓公歸，燕君送桓公入齊地百六十[①]里。桓公問於管仲曰：『禮，諸侯相送，固出境乎？』管仲曰：『非天子不出境。』桓公曰：『然則燕君畏而亂禮也，寡人恐後世之以寡人爲存燕而欺之也。』乃下車，而令燕君還車，乃割燕君所至而與之，返，終以爲境而後去[②]。諸侯聞桓公之義，口不言而心皆服矣。」《韓詩[③]外傳》四、《說苑·德實篇[④]》所載[⑤]略同，足補史闕。

① 六十，《新書》作「六十六」。
② 去，原稿誤作「者」，據《新書》改。
③ 詩，原稿抄脱。
④ 德實篇，當是『貴德篇』之誤。
⑤ 載，原稿誤作「載」字。

於柯至信之

案：曹沫事，本書《十二諸侯年表》、《齊世家》、《魯世家》、《刺客傳》皆載之。《公羊·莊十三年傳》、《戰國·齊策》、《淮南·汜論篇》、本書《魯連傳》、《自叙傳》述此事皆作曹子。《穀梁傳》及《吕氏·貴信篇》、《新序·雜事》四述此事皆作曹劌，是曹沫、曹劌爲一人。《正義》所謂《左傳》之曹劌是也。第《左傳》紀長勺之戰，由劌而勝，未嘗三敗耳。

梁曜北曰：「古史曰：『此三説皆非也。桓公二十九年會諸侯于陽穀，爲鄭謀楚，是歲有蕩舟之事，故明年伐楚，因侵蔡，蔡在楚北，故《春秋》先書侵蔡，其實本爲伐楚動也。《樗里傳》載《西周策》及《韓子·外儲①説左》並言桓公伐蔡而號曰『誅楚』，借名興師。《史》本此。山戎病燕，故桓公爲燕伐之，非不義也，亦何待令燕修

① 儲，原稿誤作「傳」。

召公之政而後可哉？曹沫事出戰國雜説，辨在《刺客傳》。《公羊》不推本末而信之，太史公又以爲然，皆不可信。」

故曰知與之爲取政之寶也

洪筠軒曰：「此《管子·牧民篇》文，《索隱》誤證。」

有三歸反坫

案：《正義》釋「三歸」本之《論語》包注，劉①履恂《秋槎雜記》謂《左傳》云「同姓媵之，異姓則否」也，云娶三姓女，非也。《戰國·東周策》云：「齊桓公宫中七市，女閭七百，國人非之。管仲故爲三歸之家，以掩桓公非，自傷於民也。」《説苑·善説篇》云：「桓

① 劉，原稿誤作「列」。

公立仲父，致諸大夫曰：『善吾者入門而右，不善吾者入門而左。』事又見《韓子·外儲説左下》，「左」、「右」二字互易。有中門而立者，《韓子》以爲東郭牙。桓公問焉。對曰：『管子之知，可與謀天下；其强，可與取天下。君恃其信乎？内政委焉，外事繼焉，驅民而歸之，是亦可奪也。』桓公曰：『善！』《韓子》云：「公曰：『善！』乃令隰朋治内，管仲①治外以相參。」乃謂管仲：『政則卒歸於子矣，政之所不及，惟子是匡。』管仲故築三歸之臺，以自傷于民。」《困學紀聞》七引此二句云朱子《集注》取之。《韓子·外儲説左下》云：「臣貴矣，而臣貧。桓公曰：『使子有三歸之家。』」又云管仲「庭有陳鼎，家有三歸」，《難一篇》引霄略曰「以貧爲不可以治富，故請三歸」，竊謂《韓子》所記，意王貧富，義至昭晰，與取女無關。《晏子·雜篇下》云：「景公曰：『昔吾先君桓公，有管仲恤勞齊國②，身老，賞之以三歸，澤及子孫。今夫子亦相寡人，

① 仲，原稿抄脱，據《韓非子》補。
② 齊國，原稿誤作「七國」，據《晏子春秋》改。

欲爲夫子三歸，澤至子孫。』」若三歸爲取三姓女，何澤及子孫之有？　蓋三歸爲臺名，《説苑》所言是也。　諸言三歸之家，謂家有三歸之臺也。　古之人居築臺以積貨，如殷紂之聚錢於鹿臺，是其例也。鹿臺，説詳《殷本紀》。　有三歸之臺，積貨其中，故可以免貧，故可以澤及子孫。　《戰國策》所謂「宮氏女閭」，亦謂桓公廣聚貨財，使公女爲交易之肆，故管仲亦積財於三歸之臺以分謗。　《説苑》所言，則王翦請益田宅之意，所以釋桓公之忌也。　《論語》載孔子論三歸事云「焉得儉」，《韓子·外儲説左下》載孔子論三歸事云「泰侈逼上」，又云：「孔子曰：『良大夫也，其侈逼上。』」《漢書·公孫弘傳》云：「管仲相桓公，有三歸，侈擬于君。」《禮樂志》云：「陪臣管仲、季氏，三歸雍徹，八佾舞庭。」蓋譏其積財之臺同於人君也。包氏蓋誤解宮中女閭，故以三歸爲三姓女。婦人謂嫁公歸，三嫁之家、三嫁之臺，復成何語？　毛大可《論語稽求篇》以魯莊公娶孟任，築臺臨党氏；衛宣公納級①之妻，作新臺於河上，謂昏禮有築臺迎女

① 級，當爲「伋」字之誤。

事，以包説合《説苑》，尤謬。

又案：鄭君《論語注》云：「反坫在兩楹之間，若與鄰國爲好會，其獻酢之禮更酌，酌畢則各反爵於坫上。」《禮記·郊特牲》①云：「反坫出尊，天子之廟飾也。」《周書·作雒②篇》云：「乃位五宮：太廟、宗宮、考宮、路寢、明堂。咸有四阿、反坫。」

管仲卒

坿注 《正義》引《説苑》云云，案：見《尊賢篇》。《説苑》又本《韓子·外儲説左下》及《難一篇》。

① 此句實出《禮記·明堂位》。
② 雒，原稿誤作「雄」。

後百餘年而有晏子焉

梁曜北曰：「仁和孫侍講效曾曰：『《齊世家》管仲卒於齊桓公四十一年，爲魯僖十五年，而晏子于魯襄十七年始嗣其父桓子爲大夫，見《左傳》，乃齊靈公二十六年也。則管晏相去九十年，史公謂後百餘年者，誤矣。』」

國無道即衡命

案：《大戴記・衛將軍文子篇①》：「有道順君，無道橫命，晏平仲之行也。」《家語・弟子行篇》亦云：「有道順命，無道衡命。蓋晏平仲之行也。」王肅注：「衡，橫也。謂不受其命而隱居者也。」以上王語。本書及《家語》作「衡」，《大戴》作「橫」，二字古通。《孟子》以「橫逆」連文，橫亦逆也。《荀子・致仕篇》「不官而

① 衛將軍文子篇，原稿誤作「將軍文字篇」。

衡至」楊注：「衡，逆而至也。」《禮記·表記》：「君命順則臣有順命，君命逆則臣有逆命。」此文之「衡命」即《表記》之「逆命」也。《正義》云：「衡，秤也。」望文生訓，大謬。

越石父賢在縲紲中

梁曜北曰：「坿案：《晏子春秋·雜篇》載此事，謂石父爲中牟之僕，不言在縲紲，故《正義》云與此文稍異，但下文曰『其書不論，論其軼事』，則贖石父不在《晏子春秋》中，乃後人集録而異其詞也。」《吕子·觀世》、《新序·節士》七亦載此事。

承周案：《晏子·雜上篇》標題「齊纍越石父」，《吕氏·觀世篇》、《新序·節士篇》皆云「齊人累之」，梁説誤。孫星①衍《晏子音義》亦以纍爲負累，亦誤。

坿注　《正義》引《晏子》「負薪」云云。案：「薪」當□②子作「芻」，《吕

① 星，原稿誤作「理」。

② 當□子，原稿此處漫漶，疑爲「當從《晏子》」，又有抄脱。

覽》、《新序》並作「芻」可證。

晏子攫然

【坿注】《正義》「攫，牀縛反」，張曰：「攫無此音，疑作渠縛反。」

晏子諫[①]以爲大夫

案：事見《晏子春秋·雜上篇》。

太史公曰至九府

【坿注】《集解》引《别録[②]》云云。案：此《管子叙録》文。《正義》引《七

① 諫，覆覈《史记》作「薦」，疑原稿有誤。
② 别録，原稿誤作「别家」。

略》云「《管子》十八篇，在法家」。案《漢志》「《管子》八十六篇，在道家」，此文疑有誤。今本八十六篇，内亡十篇。

及晏子春秋

坿注 《正義》引《七略》云：「《晏子春秋》七篇，在儒家。」案：□[①]家《晏子》八篇，後人誤合外篇上下爲一，故隋、唐《志》，《七略》與劉向《叙録》及《漢志》皆不合，此引《七略》作七篇，佀誤。

語曰至相親也

《孝經》文。

① 原稿此处漫漶不清，疑是「儒」字。

成禮然後去

【坿注】《索隱》引《左傳》云云。案：《左・襄二十五年傳》：「人謂崔子必殺之。崔子曰：『民之望也，舍之得民。』」此引誤。崔子欲殺晏子事，見《呂氏・知分①篇》、《韓詩外傳》二、《新序・義勇篇》。

---

① 分，原稿誤作「命」，據《呂氏春秋》篇名改。

司馬穰苴列傳第四

晉伐阿甄

《通典》百四十九、《御覽》三①百九十六引作「晉伐阿鄄」。有注云：「阿，今濟陽郡東阿縣。鄄，音絹，今濮陽郡鄄城縣。」張曰：「疑是《集解》文。」案：鄄無「絹」音，「絹」乃「絹」之誤。《通典》作「絹」，不誤。《左·莊十四年經》：「單伯會齊侯、宋公、衛侯、鄭伯於鄄。」注云：「今東郡甄城也。」《釋文》「鄄，音絹。甄，音絹」，一音真，或音旃，又舉然反，或作「鄄」。《襄十四年傳》「(衛獻)公如鄄」《釋文》「鄄，音絹」，《哀十七年傳》「衛侯自鄄入」《釋文》「鄄，音絹」，是也。《說

① 覆覈《太平御覽》，「三」當「二」之誤。

文》：「鄄，衛地，今濟陰鄄城。」《襄十四年》杜注亦云：「鄄，衛地。」鄄城，是「鄄」爲正字。疑《集解》本作「鄄」，《索隱》本作「甄」。

晏嬰乃薦田穰苴

梁曜北曰：「案：《戰國策》稱湣王殺穰苴，蘇軾《志林》據以爲信，《大事記》、《古史》、《習學記言》、《齊策》吴注並從之。蓋穰苴之事不見于《春秋》，況景公時，心欲爭晉霸而不能，力欲拒吴侮而不足，穰苴文武之略何在？且『晉伐阿鄄，燕侵河上』，其地皆景公時所無，《左傳》亦不載，固可疑也。然《吴起傳》李克曰：『起用兵，司馬穰苴不能過。』《晏子春秋・雜上》、《説苑・正諫》云：『景公飲酒移于穰苴之家。』似又非湣王時人。疑以傳疑，未敢遽定。《秦策》蘇子又言：「田單、司馬爲齊威、宣將。」與《國策》諸書合。」

承周案：《齊策》之穰苴，或係誤文，或係同名，如晉獻公時有荀息，靈公時復有荀息；齊桓公時有弦章，景公時復有弦章。古書似此者，不可枚舉。景公時有司馬穰苴，自有《晏子》、《説苑》可據，不必疑也。至《秦策》所謂田單、司馬，鮑彪注曰：「司馬穰苴，以齊言之耳，非威、宣將。」其説自通，況未嘗有穰苴字乎！

以爲將軍

埘注 《索隱》：「《尸子》曰：『十萬之師，無將軍則亂。』」案：《書鈔》六十四引《尸子》云：「十萬之軍，無將軍則必亂。」《御覽》二百三十七，又四百二十一引。又云：「六國時有此官。」案：《左·昭二十八年傳》：「閻没、女寬曰：『豈將軍食之而不足。』」杜云：「魏子，中軍帥，故謂之將軍。」《正義》曰：「晉使卿爲將軍，謂之將中軍、將上軍。此以魏子將中軍，故呼爲將軍。及六國以來，遂以將軍爲官名，蓋其元起於此。」孔説與小司馬同，皆以將軍爲六國時官名，而《左傳》、《史記》所載魏舒、穰苴皆在春秋之世，顯相牴牾。《國語・晉語四》：「鄭人以詹伯爲將軍。」在晉文公時。《公羊・宣二十年傳》稱：「將軍子重。」《穀梁・文六年傳》：「晉將與狄戰，使狐夜姑爲將軍。」更遠在其前。又《大戴記》有《將軍文子篇》，《小戴記・檀弓》亦稱「將軍文子」，《淮南・道應篇》及《新序①・雜事》：「趙文子問於叔向曰：『晉六將軍，孰先亡乎？』」《吴語》夫差令十旌爲一將軍，亦皆在春秋之世，則以將軍爲六國時官名者，皆失之不考。《周礼・夏官・序官》云：「大將軍皆命卿。」《書鈔》六十四引作「將軍皆命卿」。《大司馬職》云「將軍②執晉鼓」，《釋文》所據本作「將軍執晉鼓」，《吴語》韋注引同。以□③定本，故不據之。《風俗通》及《後漢書・南蠻傳》、《搜神記》十四並言高辛時有吴將軍。《史記・封禪書》有右將軍杜伯，在周宣王時，然語多怪妄，未可信。

《老子》：「偏將軍居左，上將軍居右。」亦春秋時有將軍之證，今人乃有執

---

① 序，原稿誤作「叙」。
② 將軍，疑爲「軍將」之倒。
③ □，原稿此處漫漶不清，似爲「外」字。

將軍爲六國時官名，以《老子》爲僞書者，斯不學之過也！

願得君之寵臣國之所尊者以監軍乃可

「者」字舊挩，昌《御覽》二百九十六引補。《通典》百十九「尊」作「重」，亦有「者」字。

將受命之日則忘其家臨軍約束則忘其親援枹鼓之急則忘其身

《六韜》云：「爲將者受命忘家，當敵忘身。」《文選・西征賦》注引。即此文所本。《說苑・指武篇》云：「受命而出忘其國，即戎忘其家，聞枹鼓之聲，唯恐不勝，忘其身。」《孔叢子・問軍禮篇》云：「古者大將軍受命而出則忘其國，即戎陳師則忘其身。」皆本《六韜》而文小異。

三軍之士皆振慄

《通典》、《御覽》「振」皆作「震」，《類聚》五十九同。

將在軍君令有所不受

案：此《孫子・九變篇》文，注引魏武語，即魏武《孫子注》也。下《孫子傳》亦有此語。今本《孫子》無「將在軍」三字，𠀠彼文例亦不當有。《通典》百五十一引《孫子》曰：「將在軍，君①命有所不受。」蓋兼用《史記》文。《蜀志・諸葛亮傳》注引《漢晉春秋》云：「亮曰：『將在軍，君命有所不受。』」亦用《史記》語也。

馳三軍法何

張孟彪曰：「此依北宋本，又注引一本作『軍中不馳，今使者馳云何』，與

① 君，原稿誤作「軍」，據《通典》改。

今各本同。」

左駙

《説文》：「駙，副馬也。」此粦爲輔。朱豐芑説。《詩·小疋·正月》「其車既載，乃棄爾輔」，又云「無棄爾輔，員于爾輻」。孔《疏》云：「爲車不言作輔，此云『爾輔』，則輔是解脱之物，蓋如今人縛杖於輻以防輔車也。」孔云「縛杖」，與《史記正義》引劉伯莊「箱外立木」之説合，則劉正以駙爲輔也。輔車相依，見《左·僖五年》、《韓子·十過》、《吕氏·權勳篇》、《淮南·人間篇》，訓爲頰輔者，非是也。劉云「承重校者」，「校」疑「較」之誤。「重較」，見《詩·淇澳》。又案：劉云：「徇，行示也。」《説文》：「㺃，行示也。」㺃、徇，正俗字。

身自拊循之

循，耤爲「揗」。《説文》：「拊，揗也。」「揗，摩也。」段君曰：「《廣疋》：『揗，順也。』《廣韻》曰：『手相安慰也。』今人撫循字，古蓋作揗。」又云：「古作『拊揗』，今作『撫循』。」

最比其羸弱者

【坿注】《正義》：「比，音卑，必①耳反。」張孟彪曰：「卑、必二字，當衍其一。」

病者皆求行

張孟彪曰：「舊刻無『皆』字。」

---

① 必，原稿誤作「比」，據《史記正義》改。

至常曾孫和因自立爲齊威王

梁曜北曰：「坿案：此乃傳寫譌倒[①]，當云『至常曾孫和自立句，因爲齊威王』。因是威王名。《索隱》知此文之誤，而所説則非也。」

① 倒，原稿誤作「例」，據《史記志疑》改。

孫子吴起列傳第五

孫子武者齊人也

梁曜北曰：「附案：《吴越春秋·闔閭内傳》以武爲吴人，《漢書·人表》稱『吴孫武』，《藝文志》曰『吴孫子』。攷《唐表·孫氏世系》陳無宇之子書『伐莒有功，賜姓孫，生憑，字起宗，生武，字長卿，奔吴。子明食采富春，爲富春人』。長卿之字惟見此。」

承周案：鄧名世《姓氏辨正書》全用《唐表》，而《元和姓纂》二十三魂。叙孫氏，不詳孫武所出，則《唐表》出於孫氏家牒，蓋未可信。考孫書即陳書，其伐莒見《左·昭十九年傳》。而《吴越春秋·闔閭内傳》謂「楚聞吴使孫子、伍子胥、白喜爲將」，「乃誅費無忌」。無忌之誅，見《左·昭二十七年傳》。是孫書受姓以來不過八年，豈其孫已能爲將耶？《哀十一年傳》曰：「爲郊戰故，公會吴子伐齊。陳僖子謂其弟書：『我死爾必得志①。』將戰，陳書曰：『此行也，吾聞鼓而已，不聞金矣。』甲戌，戰於艾陵，大敗齊師，獲陳書。」是其孫，已立功於吴越二十餘年，而其祖乃爲吴所禽也，有是理乎？至《漢書·人表》及《藝文志》言吴孫武、吴孫子者，以武爲吴將，故係之吴，非以爲吴人也。

以兵法見於吴王闔廬

《吴越春秋·闔廬内傳》云：「吴王登臺，向南風而嘯，有頃而歎，羣臣莫有曉王意者，子胥深知王之不定，乃薦孫子於王。孫子者，名武，吴人也，善爲兵法，辟隱深居，世人莫知其能。胥乃明知鑒辯，知孫子可以折衝銷敵，乃

① 《左傳》作「爾死我必得志」，疑原稿誤倒。

一旦與吴王論兵，七薦孫子。」

子之十三篇

梁曜北曰：「案《漢志》『《孫子》八十二篇』，《正義》引《七録》云《孫子兵法》三卷。十三篇爲上卷，又有中、下二卷。此言十三篇，何歟？《困學紀聞》十曰：『杜牧《注孫子序》云：「孫武著書數十萬言，魏武削其繁賸，其①精切，凡十三篇，因注解之。」攷《史》本傳非筆削爲十三篇也。』豈專指其上卷乎？《通攷》二百廿一引葉水心曰：『疑昔所謂篇者，特章次之比。』」

畢以珣《孫子叙録》曰：「魏武帝《孫子叙》云：『爲吴王闔閭作《兵法》一十三篇，試之婦人，卒以爲將。』則是十三篇特作之以干闔閭者也。十三篇之

① 覆覈《史記志疑》，「其」前脱一「筆」字。

外，又有問答之辭，見於諸書徵引者，蓋武未見闔閭，作十三篇以干之；既見闔閭，相與問答，武又定著爲若干篇，皆在《漢志》八十二篇之内也。」

即三令五申之

《六弢·教戰篇》云：「明告吏士，申三五之令。」今本作「申之以三令」，從《通典》百四十九、《御覽》二百七十九改。

王徒好其言不能用其實

《吴越春秋·闔廬内傳》云：「吴王召孫子，問以兵法，每陳一篇，王不知口之稱善。其意大悦，問曰：『兵法寧可以小試？』孫子曰：『可，可以小試於後宫之女。』王曰：『諾。』孫子曰：『得大王寵姬二人以爲軍隊長，各將一隊。』令三百人皆被甲兜鍪，操劍盾暨尹切，兵器，所以蔽身。而立，告以軍法，隨鼓進退、左右廻旋，使知其禁。乃令曰：『一鼓皆振，二鼓操進，三鼓爲戰形。』於是宮女皆掩口而笑。孫子乃親自操枹擊鼓，三令五申，其笑如故。孫子顧視，諸女連笑不止。孫子大怒，兩目忽張，聲如駭虎，髮上衝冠，項旁絕纓。顧謂執法曰：『取鈇鑕。』鈇，斧也。鑕，鉄椹。孫子曰：『約束不明，申令不信，將之罪也。既以約束，三令五申，卒不却行，士之過也。軍法如何？』執法曰：『斬！』武乃令斬隊長二人，即吴王之寵姬也。吴王登臺觀望，正見斬二愛姬，馳使下之令曰：『寡人已知將軍用兵矣！寡人非此二姬，食不甘味，宜勿斬之。』孫子曰：『臣既已受命爲將，將法：在軍，君雖有令，臣不受之。』孫子復撾鼓之，當左右、進退、廻旋、規矩，不敢瞬目，二隊寂然，無敢顧者。於是乃報吴王，曰：『兵已整齊，願王觀之，惟所欲用，使赴水火猶無難矣，而可以定天下。』吴王忽然不悦，曰：『寡人知子善用兵，雖可以霸，然而無所施也。將軍罷兵就舍，寡人不願。』孫子曰：『王[1]徒好其言，不用其實。』」

於是闔廬知孫子能用兵卒以爲將

《吴越春秋·闔廬内傳》云：「子胥諫曰：『臣聞，兵者凶事，不可空試。故爲兵者，誅伐不行，兵道不明。今大王虔心思士，欲興兵戈以誅暴楚，以霸天下而威諸侯，非孫之將，而誰能涉淮踰泗，越千里而戰者乎？』於是吴王大悦。因鳴鼓會軍，集而攻楚。孫武子爲將，拔舒，殺吴亡將二公子蓋餘、燭傭。」

孫武既死

【坿注】《集解》引《越絶書》云云。案：今本《越絶外傳記吴地傳》云：「巫門外大冢，吴王客孫武冢也，去縣十里，善爲兵法。」《索隱》云：「《越絶

① 王，原稿誤作「不」，據《吴越春秋》改。

書》，子貢所著，恐非也。其書多記吴越亡後土地，或後人所録。」案：《越絶書》，隋、唐《志》皆題子貢作，卷十五，《越絶篇叙外傳記》云：「以去爲姓，得衣乃成。袁字。厥名有米，覆之以庚。康字。禹來東征，死葬其疆。會稽。」又云：「文屬辭定，自于邦賢。吴字。以口爲姓，承之以天。吴字。楚相屈原，與之同名。平字。」楊用修《丹鉛總録①》據此以爲會稽人袁康、吴平所作。《論衡・案書篇》云吴君高作《越紐録》，或謂《越紐録》即《越絶書》，君高即吴平之字，其説是也。小司馬謂其書多記吴越亡後土地。見《吴地傳》。考其書《越絶篇序外傳記》云「勾踐以來，至乎更始之元，五百餘年，記陳厥説，略有其人」，下接「以去爲姓」云云，是袁康爲更始時人。《吴地傳》云勾踐徙郎邪，到建武二十八年，凡五百六十七年，是吴平著書在光武末年也。《四庫題要》依據《吴

① 録，原稿作「录」，疑爲手寫簡體俗字，徑改，下同。

地傳》以爲後漢初人，據《外傳紀》知袁康艸剏是書，在更始時。《正義》引《七録》云：「《越絶》十六卷，或云伍子胥撰①。」案：今本僅十五卷，十七篇，《四庫題要》云：「《崇文總目》稱《越絶書》舊有《内記》八，《外傳》十七，今文題闕舛，裁二十篇。是此書在北宋之初已佚五篇。」又案：《文選·七命》注引《越絶書》「伍子胥《水戰兵法内經》」，又見《御覽》舟部及《容齋四筆》。蓋因書中以子胥標題，故或誤爲子胥撰歟？別有《續越絶書》二卷，明錢㪍僞撰，見朱錫鬯《經義攷》及《四庫題要》。

後百餘歲有孫臏

梁曜北曰：「案：武死不知何時，若以吳入郢至齊敗魏馬陵計之，則百六十六年矣。蕭山來氏集之《樵書》云：『腓刑曰臏，則是斬龐涓之孫子無名，不過指其刑黥兩足而名之。傳其事不傳其名，何哉？』」

---

① 撰，原稿誤作「選」，據《史記正義》改。

臏亦孫武之後世子孫也

梁曜北曰：「附案：《唐表》云武生明，明生臏。蓋明雖食采富春，未久仍反齊，故《史》云『臏生阿、鄄之間』，《漢志》亦稱曰『齊孫子』也。至《吕覽·不二》注云『孫臏，楚人』，恐非。」

君弟重射

顧寧人曰：「重射，謂以千金射也。《索隱》解以爲好射，非。」《日知録》二十七。

承周案：上文已云忌數與齊諸公子馳逐，重射當如顧解。

及臨質

古謂射侯爲質。《荀子·勸學篇》：「質的張而弓矢至焉！」《淮南·原道篇》「先者，則後者之弓矢質的也」是也。《周禮·司裘》注：「方十尺曰侯，四尺曰鵠，二尺曰正，四寸曰質。」《索隱》訓質爲對者，《晏子春秋・外篇》：「景公飲諸大夫酒，公射，出質，堂上唱善，若出一口。」《説苑・君道篇》同。彼「出質」，謂出而對射，與此「臨質」同義，則《索隱》説是也。

坐爲計謀

王石臞曰：「《文選・報任少卿書》注引『坐』作『主』，於義爲長。」

不控捲

《説文》：「拳，手也。」「捲，气勢也。」則捲爲捲勇字。《小疋・巧言》叚「拳」爲「捲」。此藉「捲」爲「拳」耳。

不搏撠

《説文》無「撠」字。「挶」下云：「戟持也。」段君云：「戟持者，手如戟而持之也。《左傳》『褚師出，公戟其手』，鄭注《斯干》『如矢斯棘』云『如人挾弓矢戟其肘』。案：古者戟之制，其鋒謂之援，援體斜横出，故人下其肘，翘其捥與手似之，亦謂之戟。《鴟鴞》傳曰：『拮据，戟挶也。』字本作『戟』，俗加手旁，非是。謂有所操作，曲其肘如戟而持之也。」

坿注　《索隱》云：「撠謂之以手持撠刺人也。」案：胡身之《通鑑注》云：「小司馬以撠爲持①撠以刺人，非也。撠，如《漢書》『撠太后掖』之『撠』，《五行志》中。師古曰：『撠謂拘持之也。』」

① 持，原稿誤作「拌」，據《通鑑》胡注及《索隱》改。

批亢擣虚

顧寧人曰：「此與《劉敬傳》『搤其肮』之『肮』同。張晏曰：『喉嚨也。』下文所謂『據其街路』是也，以敵人所不及備，故謂之虚。」

張孟彪曰：「《御覽》三百六十八引此文有注云：『亢音剛，又音。疑脱一字。亢，人喉也。』疑是《集解》文。今本缺。」

承周案：《説文》：「亢，人頭也。」《漢書・劉敬傳》：「搤其肮。」《史記》正作「亢」。《御覽》所引注與顧説合，當從之。又《索隱》「批，音白結反，又音白滅反」，案：《説文》：「㧊，反手擊也。」「批」即「㧊」之俗字。《廣韻》十六「薛」①「㧊」音「蒲結切」，正與《索隱》合。

① 疑此處有誤，「薛」當是「屑」。

君不若引兵疾走大梁

錢竹汀曰：「案：《魏世家》此事在魏惠王十八年，而魏之徙都大梁乃在惠王三十一年，則其時大梁未爲都也。下文『直走大梁』，誤與此同。《通鑑》於此二條皆改爲『魏都』，不云大梁，蓋覺其語不相應也。」

後十三年

梁曜北曰：「堉案：《索隱》本作『後十三歲』，是已各本皆譌。威王二十六年戰桂陵，宣王二年戰馬陵，相去正十三年。小司馬引《紀年》謂無十三歲，非也。」

齊軍[1]既已過而西矣

梁曜北曰：「埘案：徐氏《測議》曰：『已過而西者，謂龐涓歸故，欲邀齊師之未至，而今已過，故涓視利疾趨也。』《四書釋地・又續》曰：『句不可解，曾案輿圖思之，恍悟相承傳寫之譌。元本應是「齊軍既已退而東矣」，退而東者，誘敵之計。《通鑑》亦知過而西之不可通也，削此句。』錢宫詹曰：『閻氏因上文已云直抵大梁，而馬陵在大梁東，故臆造此說，然非也。齊揚言直走大梁，非直抵大梁，及龐涓棄韓而歸，齊軍始入魏地。齊在魏東，過而西者，過齊境而西也。齊軍初到，未知虚實，故爲減竈之計以誤之。若已抵大梁而入魏地[2]，不止三日，毋庸施此計矣。』」

① 軍，原稿誤作「君」，據《史記》改。
② 入魏地，覆覈《史記志疑》，作「退，則入魏地」，疑有脱誤，或所據《志疑》版本有異。

兵法百里而趣利者蹶上將五十里而趣利者軍半至

《孫子·軍爭篇》云：「倍道兼行，百里而爭利，則擒三將軍。勁者先，罷者後，其法十而一至，五十里而爭利，則蹷上將軍，其法半至。三十里而爭利，則三分之二至。」

乃自剄

梁曜北曰：「案：《齊策》言『禽』，此言『自剄』，恐皆非實，《年表》、《世家》俱云『殺龐涓』，蓋弩射殺之也。」

承周案：此當以自剄爲實。《齊策》言「禽」，《年表》、《世家》曰『殺』者，涓兵敗自剄，無異於齊人禽之、殺之也。

吴起者衛人[1]也

《韓子·外儲説右上》:「吴起,衛左氏中人也。」《吕氏·義賞》、《執一》、《用民》三篇,注皆云:「吴起,衛人。」

遂殺其妻以明不與齊也

《韓子·外儲説右上》:「吴起使其妻織組而幅狹於度。吴子使更之,其妻曰:『諾。』及成,復度之,果不中度,吴子大怒。其妻對曰:『吾始經之而不可更也。』吴子出之,其妻請其兄而索入,其兄曰:『吴子,爲法者也。其爲法也,且欲以與萬乘致功,必先踐之妻妾然後行之,子毋幾索入矣。』其妻之弟又重於衛君,乃因以衛君之重請吴子,吴子不聽,遂去衛而入荆也。一曰吴起示其妻以

① 人,原稿抄脱,據《史記》補。

組，曰：『子爲我織組，令之如是。』組已就而效之，其組異善。起曰：『使子爲組，令之如是，而今也異善，何也？』其妻曰：『用財若一也，加務善之。』吴起曰：『非語也。』使之衣而歸。其父往請之，吴起曰：『起家無虛言。』」

承周案：據《史》文則吴起自衛入魯，自魯適魏，自魏歸楚。《韓子》所記出妻事在衛，《史記》所載殺妻事在魯，蓋爲魯將以前曾兩娶也。《韓子》云「去衛入荆」，「荆」乃「魯」之誤。

又案：《尉繚子》曰：「吴起與秦戰未合，一夫不勝其勇，前獲雙首而還，吴起立斬之。軍吏諫曰：『此材士也，不可斬！』起曰：『材士則是也，非吾令也。』斬之。」此即以織組異善出妻之意也。

以事魯君魯君疑之

梁曜北曰：「《評林》：董份曰：『魯人惡之者，必惡之于君也。不宜用「魯君」字。』《義門讀書記》曰：『二「魯」字衍。』」

起貪而好色

案：王劭謂：「據下文，則前貪而後廉，何言之相反？」小司馬以爲：「貪者，是貪榮名。」又云：「或者起未委質于魏，猶有貪迹，及其見用，則盡廉能，亦何異乎陳平之爲人也。」承周案：《索隱》後説是也。范增説項羽曰：「沛公居山東時，貪于財貨，好美姬。今入關，財物無所取，婦女無所幸，此其志不在小。」《史·項羽紀》。起之前貪後廉，蓋亦類此耳。

臥不設席

張曰：「《御覽》二百八十引下有『暑不張蓋』四字。」

承周案：《御覽》二百八十一引《戰國策》仍無此四字。見下。

卒有病疽者至是以哭之

承周案：《戰・魏策》云：「魏以吴起爲將，與士卒最下者同衣食，卧不設席，行不騎乘，親①贏糧，與士卒分勞。卒有病疽者，吴起爲吮，卒母聞而哭之。或謂之曰：『母子卒也，而將②自吮其疽，何哭矣？』母曰：『非然也！往年吴公吮其父，父戰不旋踵，遂死於敵。今又吮其子，妾不知其所死處矣。是以哭之。』於是擊秦，拔其五城。」《御覽》二百八十一引，今本無此文。《韓子・外儲説左上》、《説苑・復恩篇》皆以吮疽爲攻中山時事，《史》文不備。《傅子》曰：「吴起吮創者之膿，積恩以感下也。《史記》云：『吴起吮癰，晝戰目相見，夜戰耳相聞，得利同勢，失利相救。』」《意林》卷五引。《傅子》所引《史》不見今本，坿記於此。

---

① 疑「親」字後脱一「裹」字。

② 將，《太平御覽》作「將軍」，疑脱一「軍」字。

昔三苗氏左洞庭右彭蠡

《初學記》七、《御覽》六十六、《吴郡志・攷證門》並引《史记》：「三苗之國，左洞庭右彭蠡。」裴駰注云：「今太湖中包山有石穴，其深洞無知其極者名洞庭。」蓋《集解》之文而今本佚之。《楚詞・九歌》：「邅吾道兮洞庭。」王注亦云：「洞庭，太湖也。」劉逵《吴都》注同。案：太湖、洞庭，吴楚同名。《山海經・海内東經》：「湘水，洞庭下。」郭注云：「洞庭，地穴也，在長沙巴陵。今吴縣南太湖中有包山，下有洞庭，穴道潛行水底，云無所不通，號爲地脉。」《中山經》「洞庭之山」注云：「今長沙巴陵縣西又有洞庭陂，潛伏通江。」郭氏《江賦》亦云：「爰有包山洞庭，巴陵地道。潛逵旁通，幽岫窈窕。」《水經・沔水注》云：「太湖有苞山，《春秋》謂之夫椒山。有洞室入地潛行，北通琅邪東武縣，俗謂之洞庭。旁有青山，一名夏架山，山有洞穴，潛通洞庭。山上有石鼓，長丈餘，鳴則有兵。故《吴記》曰：『太湖有苞山，在國西百餘里，居者数百家，出弓弩材。旁有小山，山有石穴，南通洞庭，深遠莫知所極。三苗之國，左洞庭，右彭蠡。彭蠡，今宫亭湖也。以太湖之洞庭對彭蠡，則左右可知也。今①案：二湖俱以洞庭爲目者，亦分爲左右也。但以趣矚爲方耳。既據三苗，宜以湘江爲正。」以上爲《水經注》文。承周案：《史》文云「左洞庭右彭蠡」，《韓子》、佚文見下。《説苑·貴德篇》俱同。若巴陵之洞庭，則右而非左，故裴解以太湖當之。《吴記》所云「以太湖之洞庭對彭蠡則左右」，可知其説是也。《五帝紀》《正義》以爲巴陵之洞庭，云以天子在北，故洞庭在西爲左，彭蠡在東爲右。案下文所言左右，何不以天子所在言之？張説牽强無理。《戰國·魏策》載此事作：「右洞庭之波，左彭蠡之水②，文山在其南，衡山在其北。」左右互易，疑後人誤以爲洞庭在巴陵而妄改之，故與《史》文及《韓子》、《説苑》皆不合。《韓詩外傳》三云：「有苗氏峧山在其南，衡山在其北。左洞

① 今，《水經注》作「余」。

② 原稿作「左洞庭之波，右彭蠡之水」，批校者改爲「右洞庭之波，左彭蠡之水」以合於下文。

庭之波，右彭蠡之川。」又見《説苑·君道篇》，其言與《魏策》全同，而左右易置，尤足證今本《策》文之誤。酈氏謂宜以湘江爲正，非也。

德義不修禹滅之

梁曜北曰：「案：禹未嘗滅三苗，《尚書》及諸子皆無其説，豈誤以竄遷分北遏絶之事爲禹耶？《國策》作『禹放逐之』。」

承周案：《韓子·五蠹篇》：「當舜之時，有苗不服，禹將伐之。舜曰：『不可。上德不厚而行武，非道也。』乃修教三年，執干戚舞，有苗乃服。」《吕氏·上德篇》：「三苗不服，禹請攻之。舜曰：『以德可也。』行德三年，而三苗服。」《淮南·齊俗篇》：「當齊之時，有苗不服，於是舜修政偃兵，執干戚而舞之。」《氾論篇》亦云：「舜執干戚而服有苗。」《韓詩外傳》三：「三苗不服，禹欲伐之，舜不許，曰：『諭教猶未竭也。』久諭教焉而有苗氏请服。天下聞之，皆薄禹之義，而美舜之德。」《說苑·君道篇》同。　諸書皆謂禹請伐三苗而舜不許，《淮南·繆稱篇》：「禹執干戚，舞於兩階之間，而三苗服。」「禹」疑「舜」之誤。　爲僞《大禹謨》所本，《堯典①》云「分北三苗」，《呂氏·召類篇》云「舜卻有苗，更易其俗」，《淮南·原道篇》云「舜理三苗」，《兵略篇》云「舜伐有苗」，《修務篇》云「舜南征三苗，道死蒼梧」，《檀弓》鄭注「舜征有苗而死，因葬焉」，蓋三苗於舜世，屢服屢叛，其竄於三危者，特其一族耳。舜征苗而死，禹繼征之，亦事理所當然也。

夏桀之居左河濟右泰華伊闕在其南羊腸在其北

《魏策》作「夏桀之國，左天門之陰，而右天谿之陽，廬、睪在其北，伊、洛出其南」。

① 堯典，疑爲「舜典」之誤。

殷紂之國左孟門右太行常山在其[1]北大河經其南

《魏策》作「殷紂之國，左孟門而右漳、釜，前帶河，後被山」。

坿注 《索隱》引劉氏云「東邊別有孟門」，《齊世家》《索隱》亦云「孟門在朝歌東」，案：胡朏明以此孟門爲今衛輝之白陘，説詳《禹貢錐指》。

舟中之人盡爲敵國也

自「武侯浮西河而下」至此，與《御覽》四百五十九引《韓子》及《説苑·貴德篇》同。《魏策》亦載此事而文多異。

坿注 《集解》引《法言》云云。案：見《寡見篇》。

① 其，原稿無，據《史記》補。

即封吴起爲西河守

梁曜北曰：「案：爲西河守不可言封，且起於文侯時已守西河矣，何俟武侯封之耶？『即封』二字衍。」

官本《考證》張照曰：「『武侯曰善，即封吴起』，蓋加以封耳，下乃云『爲西河守，甚有聲名』，而不得爲相。」承周案：張説是也。

魏置相至**吴起乃自知弗如田文**

《吕氏·執一篇》：「吴起謂商文曰：『事君果有命矣夫！』商文曰：『何謂也？』吴起曰：『治四境之内，成馴教，變習俗，使君臣有義，父子有序，子與我孰賢？』商文曰：『吾不若子。』曰：『今日置質爲臣，其主安重，今日釋璽辭官，其主安輕，子與我孰賢？』商文曰：『吾不若子。』曰：『士馬成列，馬與人敵，人在馬前，援桴一鼓，使三軍之士，樂死若生，子與我孰賢？』商文曰：『吾不若子。』吴起曰：『三者，子皆不吾若也，位則在吾上，命矣夫事君！』商文曰：『善。子問我，我亦問子。世變主少，羣臣相疑，黔首不定，當此之時，屬之子乎？屬之我乎？』吴起默然不對，少選曰：『與子。』商文曰：『是吾所以加於子之上矣！』」與《史》文多異。

公叔爲相

梁曜北曰：「坿案：公叔即魏公叔痤，《索隱》以爲韓之公族，妄也。但《魏策》有痤戰勝澮北，辭賞田以讓起後一篇，吴師道曰：『痤以計疑起于武侯，起去之楚。澮北之戰乃歸功于起之餘教，而使其嗣受賞，何其前後之戾耶？』余謂讓功必非公叔痤，《國策》誤耳。」

節廉而自喜名也

王石臞曰：「『名』字後人所加，自喜猶自好也。《孟嘗君傳・贊》『好客自喜』，《田叔傳》『爲人刻廉自喜』，《鄭當時傳》『以任俠自喜』，皆其證。加一『名』字，則非其指矣，《太平御覽・皇親部》引此無『名』字。」

吴起懼得罪遂去之楚

《吕氏・長見篇》：「吴起治西河之外，王錯譖之於魏武侯，武侯使人召之。吴起至於岸門，止車而望西河，泣數行而下。其僕謂吴起曰：『竊觀公之意，視釋天下若釋躧，今去西河而泣，何也？』吴起抿泣而應之曰：『君知我而使我畢能，西河可以王，今君聽讒人之議而不知我，西河之爲秦取不久矣，魏從此削矣。』吴起果去魏入楚。有間，西河畢入秦，秦日益大。」事又見《觀表篇》。又《韓子・難言篇》云：「吴起收泣於岸門，痛西河之爲秦。」亦紀此事。

則吴起之去魏，由王錯之譖。《魏策》：「魏武侯與諸大夫浮于西河，稱曰：『河山之險，豈不亦信固哉！』王鍾侍王曰：『此晉國之所以强也。』吴起曰：『吾君之言，危國之道也；而子又坿之，是重危也。』」姚校云：「鍾，一作錯。」案當作「錯」，即譖吴起者。

明法審令捐不急之官廢公族疏遠者以撫養戰鬥之士

《韓子·和氏篇》：「昔者吴起教楚悼王以楚國之俗，曰：『大臣太重，封君太衆，若此則上逼主而下虐民，此貧國弱兵之道也。不如使封君之子孫三世而收爵禄，絶滅百吏之禄秩，損不急之枝官，以奉選練之士。』」《戰國·秦策》云「吴起为楚悼王立法，卑減大臣之威重，罷無能，廢無用，損不急之官，塞私門之請，一楚國之俗，禁好①客之民，精耕戰之士，南收楊越，北并陳蔡，破横散縱」云云。（《史記·蔡澤傳》同。）《淮南·道應篇》：「吴起爲令尹，謂屈宜

① 好，疑爲「游」字之誤。

咎曰：『將衰楚國之爵而平其制禄，損其有餘而綏其不足。』」（《説苑・指武篇》同。）此楚之貴戚所以盡欲害吴起也。《吕氏・義賞篇》云：「郢人之以兩版垣也，吴起變之而見惡。」高注云：「變其兩版教之用四，楚俗習久見怨也。」案：此亦吴起取怨之一端也。此文「捐」字，當從《韓子》、《秦策》、《蔡澤傳》作「損」。

北并陳蔡

梁曜北曰：「案：陳滅于楚惠王十一年，蔡滅于惠王四十二年，何待悼王始并之，此與《蔡澤傳》同妄，而實誤仍①《秦策》也。」

① 仍，原稿抄脱，後旁注誤補「用」字，今據《史記志疑》補。

及悼王死至七十餘家

《吕氏·貴卒篇》：「吴起謂荆王曰：『荆所有餘者地也，所不足者民也。今君王以所不足益所有餘，臣不得而爲也。』於是令貴人往實廣虚之地，皆甚苦之。荆王死，貴人皆來，尸在堂上，貴人相與射吴起。吴起號呼曰：『吾示子吾用兵也。』拔矢而走，伏尸插矢而疾言曰：『羣臣亂王。』吴起死矣。且荆國之法，麗兵於王尸者，盡加重罪，逮三族。吴起之智，可謂捷矣。」

承周案：《韓子》《難言》、《和氏》、《姦劫弑臣》、《問田》四篇，《戰國·秦策》、本書《蔡澤傳》、《淮南·齊俗篇》皆言吴起支解，與本傳及《吕覽》不合。

吴起兵法

《漢志》：《吴起》四十八篇，今傳本卷凡六篇。

伍子胥列傳第六

其先曰伍舉以直諫事楚莊王

梁曜北曰：「案：伍參之子是伍舉，伍舉之子是奢。事莊王者參，事靈王者舉，何得伍舉諫莊王？其誤已説在《楚世家》中。疑此處『莊』乃『靈』之錯文。」

使伍奢爲太傅費無忌爲少傅

梁曜北曰：「案：太傅、少傅與《左傳》異，説在《楚世家》。」

坿注 《索隱》「《左氏傳》作『費無極』」。案：《吕氏·慎行論》、《吴越春秋·吴王僚使公子光[1]傳》俱作「費無忌」。

生子軫

《楚世家》作「生熊珍」。又《十二諸侯年表》及《吴越春秋》亦作「珍」。《春秋·哀六年經》「楚子軫卒」《釋文》云：「軫，《史記》作『珍』。」此「軫」疑亦本作「珍」，後人目《春秋》經文改之。又《左氏·昭二十六年傳》：「子常欲立子西，曰：『太子壬弱，其母非嫡也。』」杜注：「壬，昭王也。」是昭王又名壬也。

更爲太子娶婦

《吴越春秋》云：「娶齊女。」

① 光，原稿抄脱。

建母蔡女也無寵於平王

《左·昭十九年傳》云：「楚子之在蔡也。郹陽封人之女奔之，生太子建。」

使建守城父備邊兵

《左·昭十九年傳》云：「費無極言於楚子曰：『晉之伯也，邇於諸夏，而楚辟陋，故弗能與爭。若大城城父，而寘太子焉，以通北方，王收南方，是得天下也。』王說，從之。故太子建居于城父。」《吕氏·慎行論》同。

無忌又日夜言太子短於王至且欲入爲亂矣

《左·昭二十年傳》：「費無極言於楚子曰：『建與伍奢將以方城之外叛，自以爲猶宋、鄭也。齊、晉又交輔之，將以害楚，其事集矣。』」《吕氏·慎行論》同，「伍奢」作「連尹」，蓋奢時爲太子傅，又爲連尹也。《昭二十七年傳》云「殺連尹奢」。

王乃召其太傅伍奢考問之至**疏骨肉之親乎**

《左·昭二十年傳》:「王信之,問伍奢。伍奢對曰:『君一過多矣!何信於讒?』」

無忌言於平王曰至**且爲楚患**

《左·昭二十傳》:「無忌曰:『奢之子材,若在吴,必憂楚國,盍以免其父召之?彼仁,必來。不然,將爲患。』」

伍奢曰尚爲人仁至**其勢必不**[①]**來**

《楚世家》:「奢曰:『尚至,胥不至。』王曰:『何也?』奢曰:『尚之爲人,

① 不,原稿抄脱,據《史記》補。

廉，死節，慈孝而仁，聞召而免父，必至，不顧其死。胥之爲人，智而好謀，勇而矜功，知來必死，必不來。然爲楚國憂者必此子。』」《吴越春秋》：「伍奢曰：『臣有二子，長曰尚，少曰胥。尚爲人慈温仁信，若聞臣召輒來。胥爲人少好於文，長習武，文治邦國，武定天下，執綱守戾，蒙垢受耻，雖冤不爭，能成大事。此前知之士，安可致耶？』」

《越絶書·荆平王内傳》云：「王召奢而問之，曰：『若召子，孰來也？』子奢對曰：『王問臣，對而畏死，不對不知子之心者。尚爲人也，仁且智，來之必入，胥爲人也，仁且智，來必不入①。胥且奔吴邦，君王必早閉而晏開，胥將使邊境有大憂。』」

① 來必不入，原稿誤作「來之必入」，據《越絶書》及文義改。

王不聽至今殺奢也

《吴越春秋》：「平王謂伍奢：『之譽二子！』即遣使者駕駟馬，封函印綬，往許[1]召子尚、子胥。令曰：『賀二子。父奢以忠信慈仁去難就免。平王内慚囚繫忠臣，外愧諸侯之耻，反遇奢爲國相，封二子爲侯：尚賜鴻都侯，胥賜蓋侯，相去不遠，三百餘里。奢久囚繫，憂思二子，故遣臣來奉進印綬。』尚曰：『父繫三年，中心切怛，食不甘味，嘗苦[2]飢渴，晝夜感思，憂父不活，惟父獲免，何敢貪印綬哉？』使者曰：『父囚三年，王今幸赦，無以賞賜，封二子爲侯。一言當至，何所陳哉？』」

① 許，據《吴越春秋》，疑是「詐」字之誤。
② 苦，原稿誤作「若」。

伍尚欲往至我將歸死

《左·昭二十年傳》:「棠君尚謂其弟員曰:『爾適吴,我將歸死。吾知不逮,我能死,爾能報。聞免父之命,不可以莫之奔也。親戚爲戮,不可以莫之報也。奔死免父,孝也;度功而行,仁也;擇任而往,知也;知死不避,勇也。父不可棄,名不可廢,爾其勉之!相從爲愈。』」

《吴越春秋》:「尚乃入報子胥曰:『父幸免死,二子爲侯,使者在門,兼封印綬,汝可見使。』子胥曰:『尚且安坐,爲兄卦之。今日甲子,時加於巳,支傷日下,氣不相受。君欺其臣,父欺其子。今往方死,何侯之有?』尚曰:『豈貪其①侯,思見父耳。一面而别,雖死而生。』子胥曰:『尚且無往,父當我活。楚畏我勇,勢不敢殺,兄若誤往,必死不脱。』尚曰:『父子之愛,恩從中出,徼倖

① 其,《吴越春秋》作「於」。

相見，以自濟達。』於是子胥歎曰：『與父俱誅，何明於世，冤讎不除，恥辱日大。尚從是往，我從是決。』尚泣曰：『吾之生也，爲世所笑，終老地上，而亦何之？不能報仇，畢爲廢物。汝懷文武，勇於策謀，父兄之讎，汝可復也。吾如得返，是天祐之，其遂沈埋，亦吾所喜。』胥曰：『尚且行矣，吾去不顧，勿使臨難，雖悔何追！』旋泣辭行，与使俱往。楚得子尚，執而囚之。」

承周案：《吴越春秋》所載楚使誘以封侯事，與《春秋》時事不合，且云往詐召子尚、子胥，與《越絶書》言召子尚於吴、召子胥於鄭，皆乖剌不合，蓋齊東之語也。

伍胥貫弓執矢嚮使者

《公羊·定四年傳》：「伍子胥父誅乎楚，挾弓而去楚。」《穀梁傳》云：「子胥父誅於楚也，挾弓持矢而干闔廬。」《新序·善謀篇》同。《越絶書·荆平内傳云》：「子胥介胄彀弓，出見使者。」

伍胥遂亡聞太子建之在宋往從之

梁曜北曰：「案：子胥亡楚至吴而已，此言其歷宋、鄭、晉而與太子俱，不知何據？」

奢聞子胥之亡也曰楚國君臣且苦兵矣

《左・昭二十年傳》：「伍尚歸，奢聞員不來，曰：『楚君、大夫其旰食乎！』」

承周案：《呂氏・異寶篇》：「五員亡，荆急求之。登太行而望鄭曰：『蓋是國也，地險而民多知，其主俗主也，不足與舉。』去鄭而之許，見許公而問所之，許公不應，東南嚮而唾，五員載拜受賜曰：『知所之矣！』因如吴。」《越絶書・荆平内傳》：「子胥縱横上太山，北望齊晉，謂其舍人曰：『去，此邦堂堂，被山帶河，其民重移。』於是乃南奔吴。」二書言子胥游縱較詳。《呂覽》云「登太行而望鄭」，地勢不合。高注云：「處則未聞。」蓋不以爲上黨之太行也。

鄭定公與子産誅殺太子建

梁曜北曰：「案：鄭殺建不知何時，而子産卒于定之八年，即建奔鄭之歲，恐未是子産誅之。餘説在《表》。」

承周案：《左·昭二十年傳》序「宋華、向之亂，楚建出奔鄭」，在十月以前，序「鄭子産有疾」，在十二月。又云「疾數月，而卒」，則子産之卒當更在其後，疑建奔鄭與晉通謀，皆此數月事。又《十二[1]諸侯年表》、《鄭世家》皆言子産卒於鄭聲公五年，視《左傳》後二十六年，則史公所據不與《左氏》同。

昭關欲執之

「昭關」當作「關吏」，涉上文而誤。《吴越春秋·吴王僚使公子光傳》用

① 原稿「十二」後誤衍「月」字。

《史記》文正作「關吏欲執之」。

案：《韓子·説林上》：「子胥出走，邊候得之。子胥曰：『上索我者，以我有美珠也，今我已亡之矣，我且曰子取吞之。』候因釋之。」《吴越春秋》所記亦同，而《燕策》以爲張丑事，蓋傳聞之誤。

江上有一漁父至不受

《吕氏·異寶篇》：「五員入吴，過於荆，至江上，欲涉，見一丈人，刺小船，方將漁，從而請焉。丈人渡之，絶江，問其名族，則不肎告，解其劍以予丈人，曰：『此千金之劍也，願獻之丈人。』丈人不肎受，曰：『荆國之法，得五員者，爵執圭，禄萬擔，金千鎰。昔者子胥過，吾猶不取，今我何以子之千金劍爲乎？』五員過於吴，使人求之江上則不得也，每食必祭之，祝曰『江上之丈人』。」

《吴越春秋·吴王僚使公子光傳》云：「五員至江，江中有漁父乘船從下方泝水而上，子胥呼之，謂曰：『漁父渡我。』如是者再。漁父欲渡之，適會旁有人窺之，因而歌曰：『日月昭昭乎侵已馳，與子期乎蘆之漪。』子胥即止蘆之漪。漁父又歌曰：『日已夕兮，予心憂悲；月已馳兮，何不渡爲？事寖急兮，當奈何？』子胥入船，漁父知其意也，乃渡之千潯潯當作尋。四尺曰仞，倍仞曰尋。之津。子胥既渡，漁父乃視之，有其飢色，乃謂曰：『子俟我此樹下，爲子取餉。』漁父去後，子胥疑之，乃潛身于深葦之中。有頃，父來，持麥飯、鮑魚羹、盎漿，求之樹下，不見，因歌而呼之，曰：『蘆中人，蘆中人，豈非窮士乎？』如是至再，子胥乃出蘆中而應。漁父曰：『吾見子有飢色，爲子取餉，子何嫌哉？』子胥曰：『性命屬天，今屬丈人，豈敢有嫌哉？』二人飲食畢，欲去，胥乃解百金劍以與漁者：『此吾前君之劒，中有七星，價直百金，以此相答。』漁父曰：『吾聞楚之法令：得伍胥者，賜粟五萬石，爵執圭，豈圖取百金之劒乎？』

遂辭不受，謂子胥曰：『子急去，勿留，且爲楚所得。』子胥曰：『請丈人姓字。』漁父曰：『今日凶凶，兩賊相逢，吾所謂渡楚賊也。兩賊相得，得形於默，何用姓字爲？子爲蘆中人，吾爲漁丈人，富貴莫相忘也。』子胥曰：『諾。』既去，誡漁父曰：『掩子之盎漿，無令其露。』漁父諾。子胥行數步，顧視漁者，已覆船自沈於江水之中矣。子胥默然，遂行。」《越絶書・荆平内傳》所載歌辭少異，又以爲漁者自刎，以明無泄，亦□①不同。

伍胥未至吴而疾止中道乞食

《集解》引張勃曰：「子胥乞食處在丹陽溧陽縣。」承周案：《范雎傳》：「伍子胥槖載而出昭關，夜行晝伏，至於陵水，無以餬其口，膝行蒲伏，稽首肉袒，

① 原稿此處漫漶不清，疑是「微」字。

鼓腹吹篪，徐廣曰：「一作『簫』。」乞食於吴市。」本《秦策》。《索隱》引劉伯莊云：「陵水即栗水也。」又案：《説苑·奉使篇》：「荆平王爲無道，加諸申氏，殺子胥父与其兄，子胥被髮乞食於吴，闔閭以爲將相。」《越絶書》、《吴越春秋》皆曰「被髮行乞」。《吴越春秋》云：「員至吴，疾於中道，乞食溧陽。今建康屬邑。適會女擊綿於瀨水之上，筥中有飯。子胥遇之，謂曰：『夫人，可得一餐乎？』女子曰：『妾獨与母居，三十年未嫁，飯不可得。』子胥曰：『夫人賑窮途少飯，一①何嫌哉？』女子知非恒人，遂許之，發其簞筥，飲其盎漿，長跪而与之。子胥再餐而止。女子曰：『君有遠逝之行，何不飽而餐之？』子胥②已餐而去，又謂女子曰：『掩夫人之壺漿，無令其露。』女子歎曰：『嗟夫！妾獨与母居三十年，自守貞明，不願從適，何宜饋飯而與丈夫？越虧禮儀，妾不忍也。子行矣。』子胥行，反顧

① 一，《吴越春秋》作「亦」。
② 胥，原稿抄脱，據《吴越春秋》補。

女子，已自投於瀨水矣。』」《越絶書・荆平内傳》略同。

吴王僚方用事公子光爲將

梁曜北曰：「附案：此作一句讀，湖本誤以『用事』爲句。或曰衍『事』字。」

伍子胥乃因公子光以求見吴王

承周案：《吴越春秋》以爲吴之市吏善相者，白之王僚。《吕氏・首①時篇》云：「伍子胥欲見吴王而不得。客言之於王子光者，見之而惡其皃，不聽其説而辭之。客請之，王子光曰：『其皃適吾所甚惡也。』客以聞伍子胥，伍子胥曰：『此

① 首，原稿誤作「胥」。

易故也。顧令王子居於堂上，重帷而見其衣若手，請因説之。』王子許。伍子胥説之半，王子光舉帷，薄其手而与之坐。説畢，王子光大説。伍子胥以爲有吴國者必王子光也」云云，以爲子胥先見王子光，與《史記》合。《賈子·耳痺篇》云：「子胥適闔閭，治味以求親，闔閭見而安之。」治味事未詳所出。

久之楚平王至而歸

《吕氏·察微篇》：「楚之邊邑曰卑梁，其處女与吴之邊邑處女桑於境上，戲而傷卑梁之處女。卑梁人操其傷子以讓吴人，吴人應之不恭，怒，殺而去之。吴人往報之，盡屠其家。卑梁公怒，曰：『吴人焉敢攻吾邑？』舉兵反攻之，老弱盡殺之矣。吴王夷昧聞之，怒，使人舉兵侵楚之邊邑，克夷而後去之。吴、楚以此大隆。吴公子光又率師與楚人戰於雞父，大敗楚人，獲其帥潘子臣、小惟子、陳夏齧，又反伐郢，得荆平王之夫人以歸，實爲雞父之戰。」畢云：「雞父之戰，獲陳夏齧在魯昭二十三年，吴太子終纍敗楚舟師，即獲潘子臣、小惟子，在定六年，此誤合爲一。」

案：卑梁女子争桑事，《史記》吴、楚《世家》、《十二諸侯年表》及此傳皆載之，蓋本《吕氏》。而諸篇皆以卑梁爲吴邊邑，楚邊邑爲鍾離，惟《吴世家》及《吴越春秋》與《吕氏》合。卑梁，《吴越春秋》作「脾梁」。

公子光謂吴王曰至伐楚未可破也

《左·昭二十年傳》：「員如吴，言伐楚之利於州于。（即僚。）公子光曰：『是宗爲戮，而欲反其讎，不可從也。』員曰：『彼將有他志，余姑爲之求士，而鄙以待之。』乃見鱄設諸焉。」《吴越春秋》云：「王僚欲爲興師復讎。公子光謀殺王僚，恐子胥前親於王而害其謀，因讒『伍胥云①謀伐楚者，非爲吴也，但欲

① 云，《吴越春秋》作「之」。

自復私讎耳』。王無用之。」其言与《史記》略同。《公羊·定四年傳》云：「伍子胥父誅乎楚，挾弓而去楚，以干闔廬。闔廬曰：『士之甚，勇之甚！』將爲之興師而復讎于楚。伍子胥復曰：『諸侯不爲匹夫興師。且臣聞之，事君猶事父也，虧君之義，復父之讎，臣不爲也。』於是止。」《穀梁》及《説苑·至公篇》、《新序·善謀篇》、《越絶書·荊平内傳》、《吴内傳》所記並同，蓋《公》、《穀》師説，誤以爲子胥至吴時，闔廬已爲王也。《吴越春秋》以「諸侯不爲匹夫興師」爲對王僚語，蓋覺二傳之誤而改之也。語又見《董子·王道篇》。

乃進專諸

《吴越春秋》：「子胥退耕於野，求勇士，薦之公子光，欲以自媚，乃得勇士專諸。《左傳》作「鱄設諸」。專諸者，堂邑吴地，《漢·地理志》爲臨淮郡堂邑縣。人也。伍胥之亡楚如吴時，遇之於途。專諸方與人鬥，將就敵，其怒有萬人之氣，甚不可當。

其妻一呼，即還，子胥怪而問其狀：『何夫子之怒盛也，聞一女子之聲而折道，寧有説乎？』專諸曰：『子視吾之儀，寧類愚者也？何言之鄙也？夫屈一人之下，必伸萬人之上。』子胥因相其皃，碓顙而深目，虎膺而熊背，戾於從難，知其勇士，陰而結之，欲以爲用。遭公子光之有謀也，而進之公子光。」

五年而楚平王卒

梁曜北曰：「案：『五年』乃『三年』之誤。自吴滅巢至是時三年也。若自子胥奔吴數之，則七年矣。」

吴王僚至刺吴王僚而自立

《左·昭二十九年[①]傳》：「吴子欲因楚喪而伐之，使公子掩餘、公子燭庸

① 二十九年，當是「二十七年」之誤。

帥師圍潛，使延州來季子聘於上國，遂聘於晉，以觀諸侯。楚莠尹然、工[①]尹麇帥師救潛。司馬沈尹戌帥都君子与王馬之屬以濟師，与吴師遇於窮，令尹子常以舟師及沙汭而還。左尹郤宛、工尹壽帥師至於潛，吴師不能退。吴公子光曰：『此時也，弗可失也！』告鱄設諸曰：『上國有言曰：「不索，何獲？」我，王嗣也，吾欲求之。事若克，季子雖至，不吾廢也。』鱄設諸曰：『王可弑也。母老子弱，是無若我何？』光曰：『我，尔身也。』夏四月，光伏甲於堀室而享王。王使甲坐於道，及其門。門階户席皆王親也，夾之以鈹。羞者獻體改服於門外。執羞者坐行而入，執鈹者夾承之，及體以相受[②]也。光僞足疾，入於堀室，鱄設諸寘劒於魚中以進，抽劒刺王，鈹交於匈，遂殺王。闔廬以其子爲卿。」《吴世家》、《吴越春秋》略同。

① 工，原稿誤作「王」，據《左傳》改。
② 受，覆覈《左傳》作「授」，當是。

楚誅其大臣郤宛伯州犂

梁曜北曰：「案：『伯州犂』三字衍。郤宛見殺在魯昭公二十七年，州犂爲靈王所殺，遠在昭元年也。《吴越春秋·闔閭内傳》謂郤宛即州犂，蓋緣此致誤。而《楚世家》稱『郤之宗姓伯氏子嚭』，徐廣本《潛夫論·志氏姓》，謂『伯州犂之子郤宛，郤宛之子伯嚭。宛亦姓伯，又别氏郤』，恐不足據。《定四年傳》云：『楚殺郤宛，伯氏之族出。伯州犂之孫嚭爲吴太宰。』伯氏乃郤宛之黨，非同族也。《吕氏春秋·當染》注、《越語》注以嚭爲伯州犂子，與《經》、《史》異。」

承周案：《吴世家》云「楚誅伯州犂，其孫伯嚭亡奔吴」，正與此文合。史公蓋别有據，非衍也。疑《史》文止作「伯州犂」，後入①據《左傳》及《楚世家》旁注「郤宛」二字誤入正文，遂並存之耳。《文選·辨命論》注引此文無「郤

① 入，疑是「又」字之誤。

宛」二字可證也。《吴越春秋》云：「子胥云：『伯州犂楚之左尹，號曰郤宛。』」蓋兼《左》、《史》而肊定之耳。

伯嚭亡奔吴

《文選·辨命論》「伍員灌溉於宰嚭」注引《吴越春秋》作「帛否來奔於吴」，又云「或作『伯喜』，或作『帛否』，或作『太宰嚭』，字雖不同，其人一也」。梁章鉅《旁證》云：「《吕氏·重言篇》作『伯嚭』，《論衡·逢遇篇》作『帛喜』。《吴越春秋·闔閭内傳》作『白喜』，惟此與《越絶外傳·計倪篇》同偁『宰嚭』。」

前王僚所使二公子將兵伐楚者

坿注　《索隱》：「公子燭庸及蓋餘也。」案：《左傳》作「掩餘燭庸」，本書作「蓋餘燭庸」，《吴越春秋》作「蓋餘燭傭」。

取六與灊

【坿注】《集解》：「六，古國，皋陶之後所封。」案：《左·文五年傳》：「臧文仲聞六與蓼滅，曰：『皋陶庭堅不祀忽諸。』」杜注云：「六與蓼，皆皋陶後也。」《左·昭三十一年》「吳人侵楚，伐夷，侵潛、六」，字作「潛」。《史記》本亦多作「潛」。《漢志》「廬江郡」有「灊縣」，《武帝紀》「登灊天柱山」，字皆作「灊」，蓋同音通用也。

六年楚昭王使公子囊瓦至取居巢

《左·定二年傳》：「秋，楚囊瓦伐吳師於豫章。吳人見舟於豫章，而潛師於巢。冬，十月，吳軍楚師於豫章，敗之。遂圍巢，克之，獲楚公子繁。」梁曜北曰：「案：事在七年，説見《表》。《集解》曰：『《左傳》楚公子貞字子囊，其孫名瓦，字子常。此言公子，又兼稱囊瓦，誤。』《史詮》曰：『公子當作公孫，稱囊瓦者，孫以祖父字爲氏也。』《史詮》本于徐天祐《吴越春秋·闔閭内傳》注。」

承周案：定二年，即闔閭之七年，梁説是也。下文「擊楚將子常」，《集解》、《索隱》皆云公孫瓦也，梁乃蔓引徐天祐、程一枝之説，何耶？又公子之子稱公孫，公孫之子以王父字爲氏，則囊瓦亦不得稱公孫也。

與唐蔡伐楚

《左·定三年傳》：「蔡昭侯爲兩佩與兩裘以如楚，獻一佩一裘於昭王。昭王服之，以享蔡侯。蔡侯亦服其一。子常欲之，弗與，三年止之。唐成公如楚，有兩肅爽馬，子常欲之，弗與，亦三年止之。唐人竊馬而獻之子常，子常歸唐侯。蔡人聞之，固請，而獻佩於子常。蔡侯歸，及漢，執玉而沈，曰：『余所有濟漢而南者，有若大川！』蔡侯如晉，以其子元與其大夫之子爲質焉，而請伐楚。」

《吴越春秋》略同。《公羊·定四年傳》云:「蔡昭公朝乎楚,有美裘焉,囊瓦求之,昭公不與,爲是拘昭公於南郢,數年然後歸之。於其歸焉,用事乎河,曰:『天下諸侯苟有能伐楚者,寡人請爲之前列。』楚人聞之,怒。爲是興師,使囊瓦將而伐蔡。蔡請救于吴,伍子胥復曰:『蔡非有罪也,楚人爲無道,君如有憂中國之心,則若時可矣。』於是興師而救蔡。」《穀梁傳》、《越絶内傳》並略同。

五戰遂至郢

《左傳》、《賈子·耳痺》、本書吴、楚《世家》、《吴越春秋》皆云五戰入郢,《楚策》云三戰入郢,《吕氏·首[①]時篇》云九戰九勝,《越絶·荆平内傳》云十五戰十五勝。

① 首,原稿誤作「胥」,據《吕氏春秋》篇名徑改。

乃謝吴不與王

自九年以下並詳《左·定四年傳》及《吴越春秋·闔廬内傳》。

乃掘楚平王墓出其尸鞭之三百

梁曜北曰:「案:此事《左氏》、《公羊》所不載,其見于《穀梁·定四年傳》者,但言『撻平王之墓』。撻墓與鞭尸迥異,而范注引鄭嗣云『鞭其君之尸』。《法言·重黎篇》云『鞭尸藉館』,《論衡·定賢》云『鞭笞平王尸』,《索隱·述贊》云『鞭尸雪恥』,《吴越春秋·闔閭内傳》又從而甚之,曰『出其尸,左足踐腹,右手抉目』。凡此俱本於《史·吴世家》及此傳,何其妄也。伍參、伍舉、伍奢及鳴三世顯於楚,死即葬焉,子胥復仇,至出王尸以辱之,獨不慮先人一坏土,楚人尤而效之耶? 設令昭王反國,收先王之遺骸,葬以衣冠,然後盡發伍氏之壟而汙豬之,子胥將奚以自立于天下乎? 夫鄭人爲君討賊,不過斵子家之棺而已，齊懿公掘邴歜之父刖之，衞出公掘褚師定子之墓，皆特書以著其暴，是知發冢戮尸，春秋以前僅見之事，而謂子胥行之平王哉！攷《吕覽·首時》、《淮南·泰族》、《賈子·耳痺》、《説苑·奉使》、有掘冢語亦非。《漢書·五行志》下下、《越絶·平王内傳》、《吴内傳》、《外傳紀策攷》叙、《外傳記》並稱鞭墳笞墓，則鞭尸之妄審矣。《史》于《年表》、《楚世家》、《季布傳》亦止謂鞭墓，而《吴世家》、《子胥傳》忽變爲鞭尸之説，何歟？後世如王莽發定陶恭王母及丁姬故冢，慕容儁發石季龍墓，剖棺出尸，棄于漳水，姚萇掘苻堅尸鞭撻無數，王頒發陳武帝陵，焚骨取灰，投水飲之，大抵皆快意私讎，虐及枯骨，未必非斯言開之。至陶宗儀《輟耕録》言楊璉真珈取宋諸帝骸與牛馬同瘞，乃淫兇肆毒，不可道也，然則鞭墓可乎？亦曰子胥之所以爲子胥而已矣。《公羊注疏》引《春秋説》文，云「墮平王之墓，鞭平王尸，血流至踝」。攷平王至是卒已十一年，冢中枯骨尚流血乎？尤妄①也。」

承周案：撻墓、鞭尸傳聞有異，不可臆斷其孰是也。《左・定四年傳》云：「吴入郢，以班處宫。」《公羊傳》云：「君舍于君室，大夫舍于大夫室。蓋妻楚王之母也。」《越絶・吴内傳》同。《穀梁傳》亦云：「君居其君之寢，而妻其君之妻。大夫居其大夫之寢，而妻其大夫之妻。蓋有欲妻楚王之母者。」《列女傳・貞順篇》云「伯嬴者，秦穆公之女，楚平王之夫人，昭王之母也。吴入郢，昭王亡。吴王闔閭盡妻其後宫，次至伯嬴」云云，《吴越春秋》云：「即令闔閭妻昭王夫人，伍胥、孫武、白喜亦妻子常、司馬成之妻。」《賈子・耳痺篇》云：「昭王失國而奔，妻生虜而入吴。」《淮南・泰族篇》亦云：「舍昭王之宫。」是則吴人之所以辱楚之君臣者至矣，尚何愛於冢中枯骨而不以快其私怨

① 妄，原稿誤作「忘」，據《史記志疑》改。

哉？若謂子胥當慮先人一坏土，楚人尤而效之，則吴之入郢，固將以爲奄有楚疆永爲吴土矣。包胥之事，又豈子胥所能逆料邪！

六月敗吴兵於稷

梁曜北曰：「案：『六月』上缺書『十年』二字。」

承周案：申包胥事見《左》定四年、五年《傳》，《新序·節士篇》、《説苑·至公篇》、《吴越春秋·闔廬内傳》並略同，又《楚策》莫敖子華曰：「昔吴與楚戰于柏舉，三戰入郢。寡君身出，大夫悉屬，百姓離散。棼冒勃蘇曰：『吾被堅執鋭，赴强敵而死，此猶一卒也，不若奔諸侯。』於是贏糧潛行，上崢山，踰深谿，蹠穿膝暴，七日而薄秦王之朝。雀立不轉，雀立，《淮南》作「鶴峙」。晝吟宵哭。七日不得告。水漿無入口，瘨而殫悶，旄不知人。秦王聞而走之，冠帶不相及，左奉其手①，右濡其口，勃蘇乃蘇。秦王親問之：『子孰誰也？」棼冒勃蘇對曰：『臣非異，楚使新造盩棼冒勃蘇。吴與楚人戰柏舉，三戰入郢，寡君身出，大夫悉屬，百姓離散。使下臣來告亡②，且求救。』秦王顧令之起，曰：『寡人聞之，萬乘之君，得罪一士，社稷其危，今此之謂也。』遂出革車千乘，卒萬人，千乘，《左》作「五百乘」。萬人，《淮南》作「七萬人」。屬之子滿與子虎，子滿，《左》作「子蒲」，《淮南》止言「子虎」。下塞以東，與吴人戰于濁水而大敗之，亦聞於遂浦。故勞其身，愁其思，以憂社稷者，棼冒勃蘇是也。」又見《淮南·修務篇》。棼冒勃蘇作申包胥，錢竹汀謂「棼」乃「楚」之誤，「冒」乃𠮷，𠮷，古文「申」字。勃蘇乃包胥之聲轉。案：《楚策》上文于令尹子文、葉公子高、莫敖大心，下文於蒙穀皆不冠以楚字，何獨于包胥乃言楚乎？錢説似誤。《楚世家》：「熊眴

① 手，覆瞉《戰國策》，當是「首」字之誤。

② 亡，原稿誤作「王」，據《戰國策》改。

立，是爲蚡冒。」「棼」與「蚡」通，包胥蓋蚡冒之裔，以先祖之號爲氏者也。

吴王乃歸

以上《左・定五年傳》。

後二歲闔廬使太子夫差將兵伐楚取番

梁曜北曰：「案：『二歲』當作『一歲』，『夫差』當作『終纍』。取番之誤，説見《表》。」

乃去郢徙都於鄀

《左・定六年傳》：「四月己丑，吴太子終纍敗楚舟師，獲潘子臣、小惟子及大夫七人。楚國大惕，懼亡。子期又以陵師敗於繁揚。杜注：「陵師，陸軍。」令尹子西喜曰：『乃今可爲矣！』於是乎遷郢於鄀，而改紀其政，以定楚國。」

孔子相魯

梁曜北曰：「案：相魯誤也，説在《孔子世家》。」

敗吴於姑蘇傷闔廬指

《左・定十四年傳》載「槜李之戰」云：「靈姑浮以戈擊闔廬，闔廬傷將指，取其屨。還，卒於陘。」《正義》謂「姑蘇」當作「槜李」，《越世家》不誤。《越絶・吴内傳》作「就李」。《楚世家》云「句踐射傷吴王」，與《傳》異。

坿注 《正義》云「解在《吴世家》」，錢警石云：「《吴世家》無此條《正義》，下『夫湫』條同。」

梁曜北曰：「《新論・禍福篇》謂吴有姑蘇之困，亦仍斯誤耳。」承周案：

《説苑·正諫篇》云「敗吴於姑蘇」，亦誤襲《史記》也。

對曰不敢

《左傳》云：「夫差使人立於王庭，苟出入，必謂己曰：『夫差，而忘越王之殺而父乎？』則對曰：『唯。不敢忘！』」此及《吴世家》、《説苑·正諫篇》皆以爲闔閭自言，與《傳》異。又《吴越春秋·闔閭内傳》以夫差爲太子波之子，未詳所本。

敗越於夫湫

梁曜北曰：「坿案：吴、越兩《世家》作『夫椒』，此作『湫』，蓋古通用。《索隱》云『湫音椒』，是也。《左傳》襄廿六『椒鳴』，《楚語》作『湫鳴』。昭四年『椒舉』，《楚語》作『湫舉』。昭三年『子服椒』，襄廿三偁『孟椒』。昭十三作『子服湫』，並音椒。」

坿注 《正義》云云，本杜氏《左傳·哀元年》注。

使大夫種

坿注 《正義》：「高誘云：『大夫種，姓文氏，字子禽。』」案：《吴越春秋·句踐入臣外傳》稱大夫文種是文氏，種，名也。《越世家》《正義》引《吴越春秋》云：「大夫種，姓文名種，字子禽。」《文選·豪士賦序》注引《吴越春秋》云：「姓文，字少禽。」今本無。《吕氏》《當染》、《尊師》二篇高注云：「姓文氏，字禽。」則劉伯莊以大夫爲姓，非也。

《正義》又云「楚之郢人」。案：《豪士賦序》注引《吴越春秋》云「楚南郢人」，與此合。《吕氏·當染篇》注云「楚之鄒人」，《尊師篇》注云「楚鄞人」，「鄒」、「鄞」並「郢」之誤。全謝山《鮚埼亭集》有《辨大夫種非鄞産》一篇，錢竹汀《潛研堂集》亦有《辨文種非鄞人》一篇，文繇不具表。

與越平

事詳《左・哀元年傳》。

其後五年至北伐齊

梁曜北曰：「案：此傳叙吴伐齊事之誤，説在《吴世家》。蓋『其後五年』當作『其後九年』，即《左傳・哀十年》鄎之役，然非因景公死故也。」

今吴之有越猶人之有腹心之疾也

承周案：此下疑脱「齊猶疥癬耳」五字①。《説苑・正諫篇》用此文作「今越，腹心之疾，齊猶疥癬耳」，當據補。《吴語②》：「申胥諫曰：『越之在吴，猶人之

① 字，原稿誤作「子」。
② 語，原稿誤作「誤」。

有心腹之疾也。』『夫齊、魯譬諸[1]，疥癬也。』」《吕氏·知化篇》：「子胥曰：『越之於吴也，譬若心腹之疾也。』『齊之於吴也，疥癬之病也。』」《越世家》：「子胥諫曰：『吴有越，腹心之疾，齊與吴，疥瘫也。』」《吴越春秋·夫差内傳》：「齊爲疾其疥耳，越之爲病，乃心腹也。」並其證。此諫在艾陵之戰以前，後復有子胥諫伐齊之事，亦云越腹心之病，而無疥癬語。此《傳》及《説苑》兼載之，《吴語》、《吕覽》、《越世家》、《吴越春秋》所記者，皆艾陵之戰以前事，故取以爲證。

遂滅鄒魯之君以歸

錢竹汀曰：「『魯』當作『虜』，音之譌也。《左氏傳》：『邾子又無道，吴子使太宰子餘討之，囚諸樓臺。』『鄒』即『邾』也，當云『虜其君』，轉寫或誤爾。一本『滅』作『威』。」

① 覆覈《國語》，此處當脱一「疾」字。

梁曜北曰：「案：『滅』字，一本作『威』。此二句疑在下文『吴王既誅子胥，遂伐齊』之下。孫侍御曰：『《吴世家》敗齊艾陵後有爲鄒伐魯至與魯盟而去事，則「滅」字即「盟」字之誤。』《鍾山札記》云：『遂滅鄒爲句，「鄒」即「邾」也。魯其君，虜鄒君也。「魯」、「虜」古通用，《白虎通・王者不臣章》引《韓詩内傳》云：「魯臣者亡。」』據《札記》本文『之』字當作『其』，似曲。」

承周案：此當以作「威」爲是。錢、孫、盧、梁並據誤本曲説，非也。今所傳蜀大字本□□①、百衲本並作「威」。張《札記》云：凌本「威」譌「滅」，則張氏所據善本無作「滅」者。《説苑・正諫篇》云：「遂與鄒魯之君會以歸。」蓋以兵威之而使之會耳。

① 原稿此處有殘泐，漫漶不清。

其後四年

梁曜北曰：「案：『四年』當作『一年[①]』。」

越王句踐用子貢之謀乃率其衆以助吴

梁曜北曰：「案：子貢無説越事，説在《弟子傳》。」

伍子胥諫曰夫越心腹之病至譬猶石田無所用之

《説苑・正諫篇》、《吴越春秋・夫差内傳》、《吴世家》文並同。《左・哀十一年傳》：「吴將伐齊，越子率其衆以朝焉，王及列士皆有饋賂。吴人皆喜，唯子胥懼。曰：『是豢吴也夫！』諫曰：『越在，我心腹之疾也。壤地同而有欲

① 年，原稿脱誤，據《史記志疑》補。

於我。夫其柔服，求濟其欲也，不如早從事焉。得志於齊，猶獲石田也，無所用之。越不爲沼，吴其泯矣。』」

且盤庚之誥曰有顛越不恭劓殄滅之俾無遺育無使易種於茲邑此商之所以興

承周案：《吴世家》云：「且《盤庚之誥》有顛越無遺，商之以興。」《集解》：「徐廣曰：『一本作「《盤庚之誥》有顛之越之，商之以興」。』」豈徐廣本《子胥傳》略於今本耶？《左傳》作「《盤庚之誥》曰：『其有顛越不共，則劓殄無遺育，無俾易種於茲邑。』是商所以興也。」《説苑》作：「《盤庚》曰：『古人有顛越不恭。』是商所以興也。有脱文。」今校本《尚書》作：「顛越不恭，暫遇姦宄，我乃劓殄滅之，無遺育，無俾易種於茲新邑。」「恭」當作「共」，《左傳》不誤，詳段氏《古文尚書撰異》。

乃屬其子於齊鮑牧而還

梁曜北曰：「案：屬于鮑氏也，若鮑牧則已見殺四年矣。」

承周案：鮑牧死於哀十八年，見《左傳》。此「牧」當作「氏」，乃傳寫之誤。《左傳》、《吴越春秋》皆作「鮑氏」。本書吴、越《世家》，又此傳下文皆作「鮑氏」。《説苑》用此文亦止作「鮑氏」可證。《左傳》云：「使於齊，屬其子於鮑氏，爲王孫氏。」杜注：「私使人至齊屬其子，改姓爲王孫，欲以辟吴禍。」案：本傳及吴、越《世家》、《説苑》、《吴越春秋》皆云吴王使子胥使於齊，杜以爲子胥私使人至齊，非也。

王卒伐之而有大功

梁曜北曰：「坿案：此蓋指夫差十一年伐齊師郥之役，齊殺悼公赴師，故以爲大功，而諱其海上之敗，非指戰艾陵也。」

乃使使賜伍子胥屬鏤之劍

坿注 《集解》：「『鏤』音録于反。」案：《吴世家》《正義》「屬，之欲反。鏤，力于反」，與此合。《淮南·汜論》「身服屬鏤而死」謂大夫種。高注：「屬鏤，利劍也。一曰長劍擲施鹿盧，鋒曳地，屬録而行之也。」《荀子·成相篇》：「恐爲子胥身離凶，進諫不聽，剄而獨鹿棄之江。」「屬鏤」作「獨鹿」，與高注「屬録」音同。楊注「屬，之欲反。鏤，力①朱反」，與《史》《集解》、《正義》合。楊又引《國語》「罜麗」爲説，以爲自剄之後，盛以「罜麗」，則非也。王氏《讀〈荀子〉雜志》已辨其誤。

必樹吾墓上以梓

《左傳》云：「樹吾墓檟，檟可材也，吴其亡乎！」《吴世家》、《説苑》皆作梓。

① 力，原稿抄稅，據《荀子》楊倞注補。

而抉吾眼縣吴東門之上

王石[1]臞曰：「『縣』本作『著』，張略反。此後人依《吴語》改之也。《華嚴經音義》上引《廣疋》曰：『置，著也。』是『著』與『置』同義。《吴世家》曰：『抉吾眼置之吴東門。』《越世家》曰：『取吾眼置吴東門。』此曰『抉吾眼著吴東門之上』，其義一也。《説苑·正諫篇》曰『抉吾眼著之東門』，語即本於《史記》。《吕氏春秋·知化篇》亦曰『抉其目著之東門』。後人據《吴語》改『著』爲『縣』，不知《吴語》自作『縣』，《史記》、《吕覽》、《説苑》自作『著』也。《匡謬正俗》八引《史記》作『抉吾目著於東門』。《埶文類聚·人部》、《初學記》、《太平御覽·人事部》引《史記》並作『抉吾眼著吴東門之上』，此皆其明證矣。」梁曜北以爲忿辭，非事實，説詳吴、越《世家》。案：《韓詩外傳》七作「縣吴東門」。

① 石，原稿誤作「氏」。

坿注　《正義》：「東門，鱔門，鮹門也，今名葑門。」錢竹汀曰：「『葑』、『鮹』聲相近，古音有重唇，無輕唇，故讀『鮹』如『鱔』。」

盛以鴟夷革浮之江中

《集解》應劭曰：「取馬革爲鴟夷，鴟夷，榼形。」案：《吴越春秋》作「盛以鴟夷之器」。《賈子》云：「身鴟夷而浮江。」《吴語》云：「吴王愠曰：『孤不使大夫得有見也。』乃使取申胥之尸，盛以鴟鶫而投之於江。」韋解云：「鴟鶫，革囊。」王觀國《學林》卷三云：「《前漢・食貨志》曰：『范蠡報强吴，刷會稽之恥，乃棄扁舟浮江湖，變姓適齊，爲鴟夷子皮。』顔師古注曰：『自號「鴟夷」者，言若盛酒之鴟夷，多所容受，而可卷懷，與時張弛也。鴟夷，皮之所爲，故曰子皮。』」承周案：《食貨志》當作《貨殖傳》師古注。《史・貨殖傳》《索隱》作「大顔説」。又「鴟夷子皮」非范蠡，説詳《越世家》。觀國案：古之貯酒器多以陶或木爲之，皆有擊觸破碎之患。《前漢・陳遵傳》引揚雄《酒箴》曰：「子猶瓶矣，觀瓶之居，居井之眉。處高臨深，動常近危，酒醪不入口，藏水滿懷。不得左右，牽於纆徽。一旦𡊮礙，爲甆所轠。自用如此，不如鴟夷。鴟夷滑稽，腹如大壺。盡日盛酒，人復借酤。」觀此箴意，蓋爲以瓶吸①井，綆礙瓶破，不如鴟夷盛酒，安而不敗，以喻人飲酒不可自取困敗也。

因命曰胥山

梁曜北曰：「案：《集解》張晏曰：『胥山在太湖邊，去江不遠百里，故云江上。』晏説本于晉張勃《吴録》，見《水經注》四十卷。而《正義》曰：『《吴地記》云：「胥山，太湖邊胥湖東岸，西臨胥湖，山有古丞②、胥二王廟。」案：其廟不干

① 吸，疑爲「汲」字之誤。

② 丞，原稿誤作「葬」，據《史記志疑》及《史記正義》改。

子胥事，太史誤矣。』引注又非。《日知録》三十一曰：『《史記》：「吴王既殺①子胥，吴人爲立祠於江上，號胥山。」《水經注》沔水。引虞氏曰：「松江北去吴國五十里。江側有丞、胥二山，山各有廟。魯哀公十三年越使二大夫疇無餘、謳陽等伐吴，吴人敗之，獲二大夫，大夫死，故立廟山上，號丞、胥二王。胥山上今有壇石，長老云胥神所治也。」一以爲子胥，一以爲越大夫。今蘇州城之西南門曰胥門，陸廣微《吴地記》云本伍子胥宅，因名，非也。趙樞生曰：「《吴越春秋》吴王夫差『將與齊戰，道出胥門，因過姑胥之臺』，則子胥未死已名胥門。」愚攷《左傳・哀公十一年》艾陵之戰，胥門巢將上軍，蓋居此門而以爲氏者，如東門遂、桐門右師之類，則是門之名，又必在夫差以前矣。姑胥山不可知其所始，字亦爲「姑蘇」，古胥、蘇二字多通用。』顧氏此辨，與《正義》相發。」

① 殺，原稿抄脱，據《史記志疑》補。

吴王既誅伍①子胥遂伐齊

梁曜北曰：「案：此以胥死在戰艾陵前，與内、外《傳》、《吕子·知化》及吴、越二《世家》異，蓋誤也。《吴越春秋·夫差内傳》十二、十三兩年所書歧出。」

承周案：本文未嘗以胥死在艾陵前，梁説謬。又《吴越春秋》載子胥諫語前後倒置，餘見上。

齊鮑氏至不勝而去

梁曜北曰：「案：廿二字疑當在前『益疏子胥之謀』句上，與『敗艾陵威鄒、魯』二句互易，庶于《左傳》情事相協。此及《吴世家》叙伐齊事，多倒亂失實。而悼公即陽生，此又誤説，當是殺其君悼公而立壬也。至弑悼公非出鮑

① 伍，原稿誤作「吴」，據《史記》改。

氏，已辨在《十二侯表》中。」

承周案：《哀十年傳》：「齊人弒悼公，赴於師。吳子三日哭于軍門之外，徐承帥舟[1]師將自海入齊，齊人敗之，吳師乃還。」即此文所言，此誤敘在子胥死後。

其後二年

梁曜北曰：「案：『二年』當作『一年』，戰艾陵之明年也。」

會之橐皋

坿注　《索隱》「拓、皋二音」。案：《哀十二年經》《釋文》：「橐，章夜反。一音託。」依首音則「拓」當作「柘」。

① 舟，原稿誤作「周」，據《左傳》改。

黃池

案：黃池之會見《左·哀十三年傳》及《吴語》。

襲殺吴太子

案：《左傳》云「獲太子友」，不言殺。《吴世家》云：「虜吴太子友。」與《傳》合。

殺王夫差而誅太宰嚭

梁曜北曰：「案：殺夫差與誅伯嚭，説在《吴世家》。」

楚惠王至惠王不聽

梁曜北曰：「案：召勝者子西，不聽諫者亦子西，而以爲惠王，誤矣。」

白公歸楚三年而吳誅子胥

梁曜北曰:「案:白公歸楚不知何年,而《年表》及《楚世家》妄謂在敬王三十三年,已辨在《表》。即如其說,則此當作『歸楚四年』,蓋吳誅子胥在敬王三十六年,吳夫差十二年也。」

歸楚五年請伐鄭

梁曜北曰:「案:晉伐鄭在魯哀十五年,敬王之四十年。即依《史》說,乃白公歸楚八年,非五年也。《吳世[1]家》亦辨之。」

① 世,原稿抄脱,據《史記志疑》補。

子西聞之笑曰勝如卵耳何能爲也

梁曜北曰：「《滹南集・辨惑》曰：『《左傳》子西曰：「勝如卵，余翼而長之。」蓋時其有恩也，而《史》則是忽其脆弱而已，不亦異乎？』」

其後四歲

梁曜北曰：「案：『四』當作『一』。晉伐鄭之明年，白公作亂也。」

乃劫之王如高府

王石臞曰：「案：『劫』下本無『之』字，哀十六年《左傳》曰白公『以王如高府』，《楚世家》曰『因劫惠王，置之高府』，此曰『乃劫王如高府』，其義一也。『劫』下不當有『之』字。」

石乞從者屈固

梁曜北曰：「案：《哀十六傳》負王者乃圉公陽，《世家》言惠王從者屈固，此《傳》以爲石乞從者屈固。徐廣曰：「一作『惠王從者。』」《索隱》曰：「此本爲得。」蓋『屈』乃『薳』之譌，薳固即箴尹固，見《哀十八傳》。然薳固、圉公陽是兩人，《史》誤也，必因《左傳》『圉公陽穴宮負王』與『石乞尹門』連文，而又有葉公遇箴尹固事，遂致斯舛耳。」

而求惠王復立之

白公事具詳《左・哀十六年傳》。

太史公自序第七十

錢大昕曰：「自史公有《自序》一篇，而班孟堅、司馬彪、亦稱《叙傳》。華嶠、稱《譜叙》，見《三國志注》。沈約、魏收、李延壽之徒，各爲《叙傳》。承祚先世仕蜀不顯，蔚宗與漢年代隔越，故不立此篇。蕭子顯，齊豫章王嶷之子，其傳《贊》云『烈考』，云『我王』，與它篇異，但傳中竟不列己名，則又矯枉過直矣，姚思廉《陳書》於父傳末，略述己修史事，而不稱叙傳，亦不及入唐以後事，於體例最爲得之。唐宋以來設立官局，史非一人一家之書，故無叙傳之名矣。」《廿二史攷異》。

盧文弨曰：「《史記》、《漢書》書前之有目録，自有版本以來即有之，爲便於檢閲耳，然於二史之本旨所失多矣，夫《太史公自序》即《史記》之目録也，班固之《叙傳》即《漢書》之目録也。乃後人以其艱於尋求，而復爲之條列，以繫於首，後人又誤認書前之目録即以爲作者所自定，致有據之妄訾謷本書者。夫《孟荀列傳》以兩大儒總括之，何嘗齒淳于髡、慎到、騶奭於其列哉？《貨殖》等《傳》以事名篇，與『八書』差相類，固[1]未嘗一一標姓名也。乃譏《漢書》者謂范蠡、子貢、白圭非漢人，而入《漢書》，以爲失於限斷，其實班氏何嘗爲范蠡諸人立傳？即彼蜀卓、宛孔，閭里猥瑣之流，亦豈屑屑爲之標目，與夫因人立傳者同哉！明毛氏梓《史記集解》，葛氏梓《漢書》正文，其前即據《自序》、《叙傳》爲目録，亦爲便於觀者，而尚不失其舊，在諸本中爲最善矣。」《鍾山札記》。

又曰：「古書目録往往置於末。如《淮南》之《要略》、《法言》之十三篇《序》此據李軌注本。近刻五家注者，皆移於當篇首矣。皆然。吾以爲《易》之《序卦傳》，非即六十四卦之目録歟？《史》、《漢》諸序殆昉於此。宋刻《荀子》篇目與劉向之奏

① 固，原稿誤作「國」，據《鍾山札記》改。

皆在末，宋人所撰《集韻》亦以其目置於尾，依古法也〇[①]」同上。

俞樾[②]曰：「紀事之體，本於《尚書》，故太史公作《自序》一篇，云爲某事作《某本紀》、《某表》、《某書》、《某世家》、《某列傳》，猶《尚書》之有序也，古人之文，其體裁必有所自，非漢以後之人所識也。」《湖樓筆談》四。

昔在顓頊命南正至司地

梁玉繩曰：「案：此本《楚語》，然今本《國語》及經《疏》中所引皆作『火正』，《漢書·遷傳》同。自史公有『北正』之文，後儒如鄭康成、見《詩·檜風譜》《疏》。韋昭、見《楚語》注引唐《尚書》。臣瓚見《遷傳》注。皆從之，《隋·天文志》同。其實《史·歷書序》仍是『火正』。顏師古、司馬貞據《鄭語》與班固《幽通賦》作

① 〇，此部分原稿多用圓圈標記，依此照録，下同。

② 樾，原稿誤作「越」。

『火正』爲是。《路史》注亦以『北黎』爲妄，見《後紀》八。應劭曰：『黎，陰官也。火數二，故火正司地以屬民。』張晏曰：『火，水配也。水爲陰，故命火正黎兼地職。』」《史記志疑》。

承周案：《楚語》、顓頊命南正重司天以屬神，火正黎司地以屬民。《鄭語》、黎爲高辛氏火正。《歷書》、用《楚語》，仍作火正。《漢書・遷傳》用《史記・自序》「北正」作「火正」。皆作「火正」。《楚世家》云「重黎爲帝嚳火正」，合重、黎爲一人，然亦作「火正」。《書・堯典》《疏》云：「《左傳》稱重爲句芒，黎爲祝融。昭二十九。祝融火官，可得稱火正。句芒木官，不應號爲南正。且木不主天，火不主地，而《外傳》稱顓頊命南正司天，火正司地者，蓋使木官兼掌天，火官兼掌地。南爲陽位，故掌天謂之南正。黎稱本官，故掌地猶爲火正。」《疏》語止此。予謂孔説較應劭、張晏説爲近理。應劭謂：「黎，陰官也。火數二，二，地數也。故火正司地以屬萬民。」見《歷書》《集解》引。張晏謂火爲水配，故火正黎兼地職。見《索隱》及顔注。然掌天可謂之南正，掌地何不可謂之北正？黎稱本官，重何以獨稱兼官？要亦非定説也。火正之文出於《楚語》、《鄭語》，《鄭志·答趙商問》云：「先師以來，皆云火當爲北，當云黎爲北正。」《書·堯典》《疏》引，今本「爲北」，作「爲地」，據《詩·檜譜》《疏》引校改。鄭君稱引先師以明古義，非𠜱説也。《法言·重黎篇》：「或問：『南正重司天，北正黎司地，今何僚也？』曰：『近義，近和。』」《中論·歷數篇》：「顓頊受之，乃命南正重司天以屬神，北正黎司地以屬民。」二書皆用《楚語》，而直作「北正」。楊既遠在西京，徐亦前乎韋、瓚，知「火」之作「北」，昔儒所共信也。

其在周程伯休父其後也

案：《索隱》云：「據《左氏》，重是少昊之子，黎乃顓頊之胤，二氏二正，所出各别，而史遷意欲合二氏爲一，故總云『在周，程伯休父其後』，非也。案彪之序及干寶皆云『司馬氏黎之後』，是也。」《索隱》語止此。《書·堯典》《疏》云：

「《楚世家》云『重黎爲帝嚳火正，能光融天下，帝嚳命曰祝融』云云，案昭二十九年《左傳》稱少昊氏有子曰重，顓頊氏有子曰黎，則重黎二人各出一帝，而《史記》並以重黎爲楚之祖，吳回爲重黎，以重黎爲官號，此乃《史記》之謬。故束晳譏馬遷并兩人以爲一，謂在此也。」《疏》語止此，《詩·檜譜》《疏》略同。

梁玉繩曰：「重與黎乃少昊、顓頊之後世子孫，當高陽氏，爲南正、火正之官，歷至高辛，仍居此職，而黎又嘗以火正兼司天地，蓋重徙爲木正故耳。其後遂以重黎爲號，不關少昊之重。韋注：「重黎官名，楚之先爲此二官。」《大紀》云：「嚳使火正兼掌重職。」是以《楚語》云『重黎世叙天地』，《鄭語》云『荆，重黎之後』，《大戴禮》、《世本》、《山海經》皆云『老童生重黎』，史公本之作《楚[1]世家》及《自序傳》，非誤也。」《史記志疑》二十二。

① 楚，原稿抄脱，據《史記志疑》補。

失其守而爲司馬氏

「失」上日本楓山、三條本有「官」字，與《漢書》合。見《會注》。

何焯曰：「《詩・常武》：『王謂尹氏，命程伯休父。』《毛傳》：『尹氏掌命卿士，程伯休父始命爲大司馬。』正當宣王之時，已失典司天地之守，故僅以時王所命之官，別爲司馬氏也。」《義門讀書記》。

晉中軍隨會奔秦

梁玉繩曰：「附案：《漢書攷證》齊氏曰：『「奔秦」，《漢書》誤作「魏」，又隨會奔秦時未爲中軍將，《史》文以後官冠其名。』」《史記志疑》。

其在衛者相中山《集解》：「徐廣曰：『名喜也。』」

司馬喜事見《中山策》、《呂氏・應言篇》。《鄒陽傳》云：「司馬喜臏腳於宋，卒相中山。」

蒯聵其後也

沈欽韓曰：「《淮南·主術訓》：『握術劍鋒，以離北宫、司馬蒯聵，不使應敵。』非《刺客傳》中人。」《漢書疏證》。

張文虎曰：「言此以别於衛之蒯聵，然《刺客傳》無此人。案：《左傳》齊有申蒯，死崔杼之難。《韓詩外傳》作『荆蒯芮』，《説苑》作『邢蒯聵』，莊公好勇士，或即其人。又《淮南·主術訓》：『故操劍鋒以離北宫子、司馬蒯蕢，不使應敵。』《楚詞·九懷》『蔽聵登於清府兮』，與烏獲並舉，未知即申蒯否，抑何以云《刺客傳》也？」《史記札記》。

又曰：「《刺客傳》無蒯聵，惟『荆軻嘗游過榆次，與蓋聶論劍』云云。疑蓋聶即蒯聵之誤。『榆次』本趙地。古『蒯』字本作『蔽』，與『蓋』並從『艸』，『㕙』

與『盇』形相涉；《爾疋·釋詁》『蔽』《釋文》云『又作「噴」』，《説文》耳部『聵』字重文作『聲』，與『聶』字形皆相涉，蓋傳寫錯亂。如淯魏時人，或尚見《史記》舊字，《索隱》云蓋姓聶名，則所見本已訛矣。」《舒藝室隨筆》。

案：張氏後説是。

在秦者名錯與張儀争論

事見《秦策》。

而少梁更名曰夏陽

沈欽韓曰：「《秦紀》惠文王十二年，更名少梁曰夏陽，《張儀傳》説魏王入上郡、少梁以謝秦，是入秦即名下陽，上句云事武安君白起，則爲昭襄王時，此語殊乖次第。」《漢書疏證》。

阬趙長平軍

日本楓山本「阬」作「拔」。見《會注》。

昌爲秦主鐵官

《漢書》「主」作「王」。

當始皇之時

王先謙曰：「屬上讀。」詳《漢書補注》。

蒯聵玄孫卬

梁玉繩曰：「案：《索隱》引《司馬世本》是曾孫。」《史記志疑》。

無澤生喜

梁玉繩曰：「案：喜爲史公之祖，然其先之相中山者爲司馬喜，奈何與前祖同名乎？又《漢書》作『毋懌』。」《史記志疑》。

談爲太史公

梁玉繩曰：「坿案：太史公之稱，《補今上紀》及《自序傳》注，引桓譚《新論》云『東方朔所署』。又引韋昭云『遷外孫楊惲所加』。又引衛宏《漢儀注》謂『太史公，武帝置，位在丞相上。遷死後，宣帝以其官爲令，行文書而已』。又引虞喜《志林》謂『古主天官者皆上公，自周至漢，其職轉卑，然朝會坐位，猶居公上，其官屬仍以舊名尊之』。攷《史記》遷死後稍出，至宣帝時始宣布，東方朔安得見之？《索隱》非之矣。《遷傳》有楊惲祖述其書之語，韋昭所本，《索隱》亦從之。但一部均稱太史公，惟《自序》中『遷爲太史令』一句稱令，然《正義》引《史》

作『公』，疑今本傳譌，或依《漢書》改，豈盡惲增之耶？《索隱》以爲姚察非之矣。蓋太史公是官名，衛宏漢人，其言可信，《西京雜記》、《隋書·經籍志》、《史通·史官建置篇》、宋三劉敞、攽、奉世。《兩漢刊①誤》並同衛宏也。或問：晉晉灼《漢書·司馬遷傳》注曰：『《百官表》無太史公在丞相上，衛宏不實。』《索隱》亦言宏謬。又宋宋祁《筆記》曰：『遷與任安書，自言「僕之先人，文史星曆，近乎卜祝之間，固主上所戲弄，倡優所畜，流俗之所輕。」若其位在丞相上，安得此言？』唐顏師古《遷傳》注謂：『遷尊其父，以公爲家公之公。』宋吴仁傑《兩漢刊誤補遺》謂：『遷父子官爲令，而云公者，邑令稱公之比。』諸説然否？曰：非也。漢官之不見於表者甚多，不獨太史公。況宣帝已改爲令，屬於太常，表固宜無之，奈何據以駁衛宏乎？《史記》中太史公，大半遷自稱之，不皆指其父，何尊之有？

① 刊，原稿誤作「判」，據《史記志疑》改。

《後漢書·鄭康成傳》載孔融告高密縣立鄭公鄉云：『太史公者，仁德之正號，不必三事大夫。』此尊之説也，而東吴顧氏炎武《日知録》二十卷譏之。梁昭明太子蕭統《文選》載《報任少卿書》「太史公牛馬走司馬遷」，亦是自稱其官。縣公僭稱，他人稱之猶可，自號則不可。明于慎行《讀史漫録》以爲『朝會立處，在人主左右，以記言動，如唐、宋螭頭記注之制，非爵秩之位，乃朝箸之位。前人多誤釋。惟《正義》以虞喜爲長，而《志林》實與《漢儀注》相通明，戲弄而倡優畜之，正以其在人主左右耳。』《補遺》謂位在丞相上，但可施於張蒼，亦非。至宋蘇洵①《嘉祐集·史論》議遷與父無異稱爲失，更不然。《史記》祇《天官書》『太史公推古天變』及《封禪書》兩太史公，《自序》前篇六稱太史公，指司馬談，文義顯白，餘皆自謂，蘇氏何所疑而譏其失哉！」今本《西京雜記》作「位在丞相下」，恐譌。◯《史記志疑》卷一。

① 洵，原稿誤「間」，據《史記志疑》改。

錢大昕曰:「按太史公是官名,遷父子世居其職。衛宏漢人,其言可信,而後人多疑之。予謂『位在丞相上』者,謂殿中班位在丞相之右,非職任尊於丞相也。虞喜謂『朝會坐位猶居公上』,蓋得之矣。子長自言『天下遺文古事,靡不畢集太史公』,與《漢儀注》云『天下計書先上太史公』者正合。《史記》一書,惟《自序》前半稱『太史公』,及《封禪書》兩稱『太史公』,指其父,餘皆遷自稱之詞。小司馬、小顏以爲尊其父者,非也。」

王鳴盛曰:「《自序篇》內自『談爲太史公』以下一段叙其父談事,凡六稱『太史公』,皆指談也。自『太史公曰先人有言』云云以下,既述父談之言,又與上大夫壺遂相往復,又自述遭李陵之禍作《史記》事,凡四稱『太史公』,皆自謂。至其下文云『漢興,文學彬彬稍進,百年之間,天下遺文古事,靡不畢集太史公』。此則又屬其父。其下又云『太史公仍父子相續纂其職』,則標明其父子相繼爲太史令,故皆得稱太史公之旨。其下又序作紀、表、書、世家、列傳凡百三十篇，『爲《太史公書》序略』。此稱父子共之。末又總結之曰：『太史公：「余述黄帝以來至①太初而訖。」』此『太史公』則又屬自稱。若本紀、列傳之《贊》所云『太史公曰』者，則亦皆自稱。班氏誤以談言爲遷言，蓋因名稱參錯炫目致溷。」《十七史商榷》。

李慈銘曰：「太史公自是當時官府通稱，固非官名，亦非尊加，如後世之稱『太史氏』，亦非有此官名也。流俗相沿，如晉之中書令稱『令君』，唐之御史稱『端公』，不必以其尊官也。衛説不過因公字而附會之，至官曹稱謂，例不見於《百官志》，亦不必疑。」《越縵堂雜志》。

朱一新曰：「衛宏所説，謂位在丞相上者，蓋謂朝會之位，以其國史所關，使之密邇至尊，以便記注，非以其爵秩，亦非必以尊寵也。《正義》引《志林》已有朝

① 至，原稿誤作「自」，據《十七史商榷》改。

會坐位之説，特其論過泥。此如唐之起居舍人，秩從六品上，而分侍左右秉筆，隨宰相入殿，蓋其職事使然。惟言『遷死後，宣帝以其官爲令』，則非其實。本傳言『卒三歲，而遷爲太史令』，《李陵傳》言『太史令司馬遷』，是遷官爲太史令無疑。李云太史公爲當時通稱，其説甚確。自云『廁下大[①]夫之列』。《百官志》『太史令六百石』。《索隱》引《博物志》『太史令茂陵顯武里大夫司馬[②]，年二十八，三年六月除六百石』。《本紀》『宣帝詔：吏六百石，位大夫』。合以史公自言，則其官爲太史令，其秩爲六百石，安有如衛氏所云者？惟《漢舊儀》言『太史公秩二千石』爲異，此則或談仕職時，增其秩以示寵，或官秩尊卑隨時升降，或記者偶失其實，闕疑可矣。」《無邪堂答問》[③]。

① 大，原稿誤作「太」，據《漢書補注》改。
② 原稿此處脱一「遷」字，據下文「年十歲則誦古文」條案語，向先生引王國維語亦無此字。
③ 此段文字不見於《無邪堂答問》，朱一新《漢書管見》有近似表述，疑上文李慈銘語及此皆轉録自王先謙《漢書補注》。

太史公學天官於唐都

《歷書》云：「至今上武帝。即位，招致方士唐都，分其天部，而巴落下閎運算轉歷。」《漢書·律歷志》亦云武帝選民間治歷者二十餘人，「方士唐都、巴郡落下閎與焉」。

受易於楊何

楊何已見《弟子傳》及《儒林傳》。《儒林傳》云：「何，字叔元。」

習道論於黄子

《漢書》注云：「景帝時人也。《儒林傳》謂黄生與轅固爭論於上前，謂湯武非受命，乃殺之也。」

乃論六家之要指

梁玉繩曰：「《困學紀聞》十一曰：『西山真氏云列儒者于陰陽、墨、名、法、道家之間，是謂儒者特六家之一爾。不知儒者無所不該，五家之所長皆有之，其短者吾道之所棄也。談之學本於黃老，故其論如此。』」《史記志疑》。

王鳴盛曰：「《太史公自序》述其父談《論六家要指》，謂陰陽、儒、墨、名、法、道德也。其意以五家各有所長，亦各有所短，並致其不滿之詞，而獨推崇老氏道德，謂其能兼有五家之長，而去其所短，且又特舉道家之『指約易操，事少功多』，與儒之『博而寡要，勞而少功』兩兩相校，以明孔不如老，此談之學也。而遷意則尊儒，父子異尚，猶劉向好《穀梁》而子歆明《左氏》也。觀其下文稱引董仲舒之言，隱隱以己上承孔子，其意可見。

漢初黄老之學極盛，君如文景，宫①闈如竇太后，宗室如劉德，將相②如曹參、陳平，名臣如張良、汲黯、鄭當時、直不疑、班嗣，《漢・叙傳》。處士如蓋公、《曹參傳》。鄧章、《袁盎傳》。王生、《張釋之傳》。《蓋寬饒傳》亦有王生，其議論絶類老氏，但爲太子庶子，且與文帝時代隔遠，與《釋之傳》中王生非一人。黄子、《司馬遷傳》。楊王孫、自有《傳》。安丘望之見《後書・耿弇傳》。等，皆宗之。東方朔戒子以首陽爲拙，柱③下爲工，應劭曰：「老子爲周柱下史，朝隱，故終身無患，是爲工也。」是亦宗黄老者，而遷獨不然。《漢》本傳《贊》謂『遷論大道，先黄老而後六經』，此本班彪之言，見《後漢》本傳，而固述之。桓譚謂大司空王邑、納言嚴尤曰：『老聃著虚無之言兩篇，薄仁義，非禮樂，然好之者以爲過於五經，自漢文景之君及司馬遷皆有是言。』

① 宫，原稿誤作「官」，據《十七史商榷》改。
② 將相，原稿誤作「相將」，據《十七史商榷》改。
③ 柱，原稿誤作「往」，據《十七史商榷》改。

班彪、桓譚皆誤以談之言即遷之意。《漢・叙傳》述其從父嗣好黄老，父彪則尊儒，遷意與班同，但不便斥老，斥老則形父之短耳。

膠西蓋公善治黄老言，曹參爲齊相，厚幣請之。蓋公爲言『治道貴清淨，而民自定』，參於是避正堂，舍蓋公，其治要用黄老術。及入爲相國，壹遵蕭何約束，日夜飲酒不事事，民歌之曰：『蕭何爲法，較若畫一。曹參代之，守而勿失。載其清靜，民以甯壹。』蓋蕭、曹皆學黄老者。張良、陳平同傳，《平傳》稱少好讀書，治黄帝、老子之術，而良愛《黄石公書》，是良、平二人皆黄老也。」《十七史商榷》。

有省不省耳

錢大昕曰：「按：《爾疋》：『省，善也。』有省不省，猶言有善有不善。」《廿二史攷異》。

嘗竊觀陰陽之術大祥

錢大昕曰：「予謂古書祥、詳通用，《易》『視履考祥』，《釋文》云：『本亦作詳。』《書·吕刑》『告爾祥刑』，《後漢書·劉愷傳》注引作『詳刑』。鄭康成注：「詳，審察之也。」《君奭》『其終出於不祥』，《漢石經》本『祥』爲『詳』，小司馬譏詳義爲疏，是未識古文也。」《廿二史攷異》。

承周案：大祥謂以災祥爲重也。《正義》説是。

名家使人儉而善失真

梁玉繩曰：「附案：名家言儉未的，董份以爲『檢』之誤寫。」《史記志疑》。

承周案：董説是，《會注攷證》謂「慶長本標記引劉伯莊云儉當作檢，謂拘檢人」，則唐人舊説已如是。

形神騷動

《漢書》「騷動」作「蚤衰①」。

去健羨

案：健字，《漢書》有作「健」、作「楗」二本。顔注引：「服虔曰『門户楗壯也』，如淳曰『知雄守雌，是去健也。不見可欲，使心不亂，是去羨也』，晉灼曰『老子曰「善閉者無關楗」』，嚴君平曰『拆關破楗，使姦者自止』，服説是也。師②

① 衰，原稿作「衺」，疑有殘泐，《漢書》作「衰」。

② 此處當脱一「古」字。

曰：『二義並通。楗，其偃反，然今書本[1]皆作健字也。』」以上顏注語。服、晉說字作「楗」，如湻說字作「健」，楗羨連文，不辭，當以作「健」爲是。如湻解羨字，侶以爲慕欲之意，亦非也。健謂剛强，羨謂財貨有餘。《管子·國蓄篇》：「均羨不足。」《孟子·滕文公下篇》：「以羨補不足。」羨與不足對，文皆有餘之義。《老子》云：「聖人去甚、去奢、去泰。」去羨猶言去奢、去泰也。

順之者昌，逆之者不死則亡

日本楓山本「順」上有「曰」字，見《會注》。《漢書》同。又《漢書》無「不死則」三字。

① 此處當脱一「字」字。

累世不能通其學當年不能究其禮

《孔子世家》載晏子阻尼谿之封曰：「累世不能殫其學，當年不能究其禮。」《晏子·外篇》作「兼壽不能殫其教，當年不能究其禮」。《墨子·非儒篇》作「累壽不能盡其學，當年不能行其禮」。

堂高三尺

《索隱》云：「此以下《韓子》之文。」

承周案：《韓子》，見《五蠹篇》，無「堂高三尺，土階三等」二句。《後漢書》注引《墨子》云：「堯舜堂高三尺，土階三等，茅茨不翦，采椽不斲。飯土簋，歠土鉶，糲粱之飯，藜藿之羹，夏日葛衣，冬日鹿裘。是約己也。」今《墨子》無此文。《論衡·是應篇》云：「《墨子》稱堯舜堂高三尺。」《帝王世紀》云：「《墨子》以爲堯堂高三尺，土階三等，茅茨不翦，採椽不斲，夏服葛衣，冬服鹿裘。」

採椽不刮

《説文》無「採」字，正作「采」。《始皇紀》「採椽不刮」，《漢書・揚雄傳》「唐虞採椽」，皆俗字。《索隱》引韋昭訓采爲櫟，《漢書》顔注於《埶文志》、茅屋采椽。《楊雄傳》及《遷傳》皆訓采爲柞。《詩》：「柞棫拔矣。」《箋》：「柞，櫟也。」沈欽韓《漢書疏證》曰：「《玉篇》：『採，槲也。』《釋木》『樕樸，心』注：『槲樕別名。』李時珍云：『槲有二種：一種叢生小者名枹，見《爾疋》；一高者名大葉櫟，樹、葉俱似栗，長大粗厚，冬月凋落，其木理粗，不及櫟木，即柞木。所謂樗櫟之材指此。』師古以採爲柞，非也。」王先謙《補注》説略同。

承周案：《淮南・精神篇》「堯樸桷不斲，索題不枅」高云：「樸，采也。」則樸采同物，樸即樸樕，有明徵矣。王石臞改樸爲採，失之。刮，《漢書》作「斲」，他書亦多作「斲」。《韓子・五蠹》、《史記・李斯傳》、《淮南》《精神》、《主術》二篇，《説苑・反質篇》皆作「斲」。《始皇紀》作「刮」。注云：「一作『采椽不斲』。」而《韓子》、《淮南》亦有作「刮」之本。《御覽》一百八十八引《韓子》作「刮」。《淮南·精神篇》注:「枅,亦作刮。」「枅」乃「斵」之誤。 義並通。

食土簋啜土刑

承周案:《漢書》作「飯土簋,歠土刑」。《墨子·節用中篇》云:「飯於土熘,啜於土形。」《韓非·十過篇》云:「堯飯於土簋,飲於土鉶。」《韓詩外傳》三云:「舜飯乎土簋,啜乎土型。」《説苑·反質篇》云:「堯飯於土簋,啜於土瓶①。」本書《始皇紀》云:「飯土熘,啜土形。」《李斯傳》云:「堯飯土匭,啜土鉶。」諸文不同。此文「土簋」,徐廣曰:「一作『熘』。」《始皇紀》「土熘」《索隱》云:「一作『簋』。」《李斯傳》「土匭」徐廣曰:「一作『溜』。」案:《説文》:「簋,黍稷圜器也。」今本「圜」作「方」,誤。 古文作匭,又作匭。《李斯傳》用此字。 又作杌,《篇》、《韻》並云:「熘,瓦飯

① 覆覈向宗魯先生《説苑校證》,「瓶」字作「瓬」,疑原稿此處作「瓶」是後人誤抄。

器也。」《説文》無錙字，故或以「溜」爲之。又此文「土刑」正作「鉶」。《説文》：「鉶，器也。」《周禮・掌客》「鉶四十有二」注：「鉶，羹器。」刑、型、形，皆借字。又案：《説文》：「歠，歙也。」「啜，嘗也。」此當以「歠」爲本字。

糲粱之食

沈欽韓曰：「張云：『一斛粟，七斗米爲糲』，非也。《九章算術》粟米法：『粟率五十，糲米三十，粺米二十七，糳米二十四，御米二十一。』言粟五升，爲糲米三升，以下米益精，則數亦漸減，至御米得二升一合也。夏侯陽《算經》：『粟五斗，爲糲米三斗，三十乘之，五十而一，其法亦同。則一斛粟止得糲米六斗也。』」《漢書疏證》。

王念孫曰：「服虔云：『糲，粗米也。』賈逵《晉語注》：『粱，食之精者。』見《文選》陸機《君子有所思行》注。是糲粗而粱精，不得以『糲粱』連文。粱，當爲『粢』字之誤也。案：粢、粱字形相近，傳寫往往訛溷，《曲禮》「稷曰明粢」，《釋文》：「一本作『明粱』。」《淮南·人間篇》：「飯黍粱」，今本「粱」誤作「粢」。《爾疋》：『粢，稷。』桓二年《左傳》：『粢食不鑿。』《玉藻》：『稷食菜羹。』《論語·鄉黨篇》：『疏食菜羹。』粢食、稷食、疏食，異名而同實也。粢與糲皆食之粗者。《李斯傳》：『堯之有天下也，粢糲之食，藜藿之羹。』《淮南·精神篇》：『珍怪奇味，人之所美也。而堯糲粢之飯，藜藿之羹。』《主術篇》：『堯太羹不和，粢食不毇。』皆其證也。《列子·力命篇》：『伯宮子謂西門子曰：「朕衣則短葛①褐，食則粢糲，子衣則文錦，食則粱肉。」』以粢糲與粱肉對言。《淮南·人間篇》『陳駢子對孟嘗君曰：「臣之處於齊也，糲粢之飯，藜藿之羹。以身歸君，食芻豢，飯黍粱。」』今本「粱」誤作「粢」，上文云「豢以芻豢黍粱」，下文云「服輕煖乘牢良」，與「粱」爲韻，今據改。以糲粢與黍粱爲對言，是粱精而糲粗，可言糲粢，不可言糲粱也。」《讀〈史記〉雜志》。

① 葛，原稿左側有一圓圈，疑爲刪除符號，當是衍文，覆覈《列子》，亦無該字。

夏日葛衣冬日鹿裘

《韓子・五蠹篇》「鹿[①]」作「麑」。《御覽》引《韓子》作「鹿」，《李斯傳》同。《尸子》云「衣九種而堯大布」，《淮南・精神篇》云「文繡狐白，人之所好也。而堯布衣掩形，鹿裘御寒」，則又謂堯衣布衣也。

桐棺三寸

《韓子・顯學篇》云：「墨者之葬也，冬日冬服，夏日夏服，桐棺三寸，服喪三月，世以爲儉而禮之。」《尸子》云：「禹使死於陵者葬於陵，死於澤者葬於澤，桐棺三寸，制喪三日。」《宋書・禮志》、范書《王符傳》注引，「日」當爲「月」。《潛夫論・浮侈篇》：「桐木爲棺，葛采爲緘，下不及泉，上不泄臭。」本楊孫語，見《漢書》，「桐木爲棺」作「窾木爲匵」。

---

① 鹿，原稿誤作「裘」，據《韓非子》及上下文義改。

使天下法若此

《漢書》「法」作「共」。

專決於名而失人情

《漢書》「專」作「剸」，「而」作「時」。

不爲物先不爲物後

《漢書》作「不爲物先後」。

因物與合

梁玉繩曰：「附案：《漢書》作『興舍』，《後漢書·馮衍傳》下注引作『與物趨舍』，蓋『舍』字是。」《史記志疑》。

王念孫曰：「《史記》作『因物與舍』，於義爲長。舍者，居也，言因物與居而無成心也。《鶡冠子·世兵篇》亦云：『聖人捐物，從理與舍。』『因物與舍』與『因時爲業』相對爲文。」《讀〈漢書〉雜志》。

故曰聖人不朽《漢書》

王念孫曰：「聖人不朽，時變是守。《漢書·司馬遷傳》『朽』作『巧』，顔師古曰：『無機巧之心，但順時也。』念孫案：《史記》原文蓋亦作『聖人不巧』，今本作『朽』者，後人以『巧』與『守』韻不相協而改之也。不知『巧』字古讀若糗，正與『守』爲韻。《韓子·主道篇》『不自操事，而知拙與巧』，《素問·徵四失論》『更名自巧』，並與『咎』爲韻。《參同契》『非種難爲巧』，與『酒』爲韻，皆其證也。上文『以虚無爲本，以因循爲用』，『以虚無爲本』即所謂『聖人不巧』也，『以因循爲用』即所謂『時變是守』也。又云：『有法無法，因時爲業；有度無度，因[1]物與舍。』亦是此意。此皆言道家無爲之術，故顔師古曰：『無機巧之心，但順時也。』」《韓子·揚榷篇》亦云：『聖人之道，去智與巧。』若改爲『聖人不朽』則與『時變是守』之義迥不相涉矣。《索隱》本出『聖人不朽』四字，《正義》云：『言聖人教迹不朽滅』，則所見本皆誤。」《讀〈史記〉雜志》。

實不中其聲者謂之窾

錢大昕曰：「《漢書》『窾』作『款』，款、空聲相近，《莊子》『導大窾』，向秀讀『窾』爲『空』。」《廿二史攷異》。

① 原稿「因」前衍一「固」字，左側有一圓圈，疑爲删除符號，據《讀書雜志》删。

不先定其神

《漢書》「神」下有「形」字。

有子曰遷

梁玉繩曰：「附案：《史通・雜説篇》譏《叙傳》不書其字爲大忘，班固仍其本《傳》爲守株。固爲《遷傳》，其初宜云『遷字子長，馮翊夏陽人』。《巵林》又謂『《文選・報任少卿書》作「司馬子長」，李善注以爲史遷，未嘗明列出處，吕向遂謂《漢書》云「字子長」，妄矣。張衡「應間子長諜之」，章懷注「遷字」，亦不言出何書，因舉《論衡》《變動》、《須頌》二篇及《漢紀》「司馬子長遭李陵之禍」句作先出之證，然竟無直書「字子長」者。』余謂《史》、《漢》中名而不字者甚衆，不獨子長。孟堅仍《史》，以示不敢改易之意爾。而《論衡》之稱子長，亦不止兩見。攷《法言》《寡見》、《君子》二篇屢稱子長，更在張衡、王充、荀悦之前，後此如《後書·蔡邕傳論》『追怨子長』，《方術傳》『子長亦云』，《晉書·干寶傳》『吕望事周，子長存其兩説』，《魏書》魏收《十志啓》『子長命世偉才』，《文選》潘岳《西征賦》『子長政駿之史』，劉峻《辨命論》『子長闡其惑』，《抱朴子·論仙》云『子長不能與日月並明』，《水經注》四『河水又東南逕司馬子長墓北』，自西漢以迄六朝，豈盡不足憑，而必直書乃信乎？至李善《西征賦》注云『《史記》曰司馬遷，字子長』，則其妄同於吕向也。」《史記志疑》。

年十歲則誦古文

周壽昌曰：「《索隱》云『遷及事伏生，是學誦《古文尚書》』。劉氏以爲《左傳》、《國語》、《系本》等書，是亦名之古文也。案：遷生①於景帝後元年，距鼂錯

① 生，原稿抄脱，據《漢書注校補》、《漢書補注》補。

之死十一年。錯孝文時受書伏生，生以九十餘。孝文在位二十三年，計伏生當遷生時應百有①餘歲。遷十歲誦古文，及事伏生，不已百四十餘耶？伏生不聞有此大年，揆之情事亦不合。史公從安國問，故《索隱》蓋誤以孔爲伏。」

案：周謂「遷不及事伏生」是也，而謂生於景帝後元年則非也。王國維曰：「案：《自序》《索隱》引《博物志》：『太史令茂陵顯武里大夫司馬，此下奪「遷」字。年二十八，三年六月乙卯，除六百石也。』今本《博物志》無此文，當在逸篇中，又茂先此條當本先漢記録，非魏晉人語，說見後。案『三年』者，武帝之元封三年。苟元封三年史公年二十八，則當生於建元六年。然張守節《正義》於《自序》『爲太史令五年而當太初元年』下云：『案遷年四十二歲。』與《索隱》所引《博物志》差

---

① 「年十歲則誦古文」，周壽昌《漢書注校補》、《思益堂日札》皆有討論，文字與此段大同小異。王先謙《漢書補注》亦引此，與此段全同，疑此段文字是王先謙抄撮周書而成，而向先生徑引《漢書補注》。覆覈《漢書注校補》、《漢書補注》，「百有」後脱「三十」二字。

十歲，《正義①》所云亦當本《博物志》。疑今本《索隱》所引《博物志》『年二十八』，張守節所見本年『三十八』。三訛爲二，乃事之常；三譌爲四，則於理爲遠。以此觀之，則史公生年當爲孝景帝五年，而非孝武建元六年矣。」《太史公繫年攷略》。又曰：「案《自序》『年十歲則誦古文』，《索隱》劉伯莊説，謂即《左傳》、《國語》、《世本》等書是也。見余《漢代古文攷》。考司馬談仕於建元、元封間，是時當已入官，公或隨父在京師，故得誦古文矣。自是以前必已就閭里書師授小學書，故十歲而能誦古文。」同上。

二十而南遊江淮上會稽探禹穴

梁玉繩曰：「案：禹穴難信，説在《夏紀》。」《史記志疑》

① 義，原稿誤作「遷」，據《太史公繫年考略》改。

王國維曰：「案：《漢舊儀》：《太平御覽》卷二百三十五引。『司馬遷父談，世爲太史，遷年十三，使乘傳行天下，求古諸侯之史記。』《西京雜記》卷六文略同。考《自序》云『二十而南遊江淮』，則衛宏説非也，或本作『二十』，誤倒爲『十二』，又訛『二』爲『三』與？」《太史公繫年攷略》。

又曰：「案：《自序》：『二十而南遊江淮，上會稽，探禹穴，闚九疑，浮於沅湘，北涉汶泗，講業齊魯之都，觀孔子之遺風，鄉射鄒、嶧。戹困鄱、薛、彭城，過梁、楚以歸。』考《自序》所紀，亦不盡以遊之先後爲次，其次當先浮沅湘，闚九疑，然後上會稽，自是北涉汶泗，過楚及梁而歸。否則既東復西，又折而之東北，殆無是理。史公此行，據衛宏説，以爲奉使乘傳行天下求古諸侯之史記也，然公此時尚未服官，下文云『於是遷始仕爲郎中』，明此時尚未仕，則此行殆爲宦學，而非奉使矣。」同上。

又曰：「案：史公遊踪見於《史記》者，《五帝本紀》曰：『余嘗西至空峒，北過涿鹿，東漸於海，南浮江淮矣。』《封禪書》曰：『余從祭天地諸神、名山川而封禪焉。』《河渠書》曰：『余南登廬山，觀禹疏九江，遂至於會稽大湟，上姑蘇，望五湖；東闚洛汭、大邳，迎河，行①淮、泗、濟、漯、洛渠，西瞻蜀之岷山及離碓，北自龍門，至於朔方。』《齊太公世家》曰：『吾適齊，自泰山屬之琅邪，北被於海，膏壤二千里。』《魏世家》曰：『吾適故大梁之墟。』《孔子世家》曰：『吾適魯，觀仲尼廟堂、車服、禮器，諸生以時習禮其家，余低徊留之不能去云。』《伯夷列傳》曰：『余登箕山，其上蓋有許由冢云。』《孟嘗君列傳》曰：『吾嘗過薛，其俗閭里率多暴桀弟子，與鄒、魯殊。』《信陵君列傳》曰：『吾過大梁之墟，求問其所謂夷門。夷門者，城之東門也。』《春申君列傳》曰：『吾適楚，觀春申君故城，宮室盛矣哉。』《屈原賈生列傳》曰：『余適長沙，觀屈原所自沉淵。』《蒙恬列傳》曰：『吾適北邊，自

---

① 行，原稿抄脱，據《太史公繫年考略》及《河渠書》補。

直道歸，行觀蒙恬所爲秦築長城亭障，塹山湮谷，通直道，固已輕百姓力矣。』《淮陰侯列傳》曰：『吾如淮陰，淮陰人爲言，韓信雖爲布衣，其志與衆異。其母死，貧無以葬，然乃行營高敞地，令其旁可置萬家。余視其母冢，良然。』《樊酈滕灌列傳》曰：『吾適豐沛，問其遺老，觀故蕭、曹、樊噲、滕公之冢。』《自序》曰：『奉使西征巴、蜀以南，南略邛、笮、昆明。』是史公足迹，殆遍宇内。所未至者，朝鮮、河西、嶺南諸初郡耳。此上所引，其有年可考者，仍各繫之於年下。餘大抵是歲事也，是歲所歷各地，以先後次之如左：

適長沙，觀屈原所自沉淵。《屈原賈生列傳》。浮於沅湘，《自序》。闚九疑，同上。南登廬山，觀禹疏九江，遂至於會稽大湟。《河渠書》。上會稽，探禹穴。《自序》。上姑蘇，望五湖。《河渠書》。適楚，觀春申君故城宫室。《春申君列傳》。據《越絶書》，則春申君故城宫室在吴。適淮陰。《淮陰侯列傳》。行淮、泗、濟、漯。《河渠書》。北涉汶、泗，講業齊、魯之都，觀孔子之遺風，鄉射鄒、嶧。《自序》。適魯，觀仲尼廟堂、車服、禮器，諸生以時習禮其家。《孔子世家》。戹困鄱、薛、彭城。《自序》。過薛。《孟嘗君列傳》。適豐、沛。《樊酈滕灌列傳》。過梁、楚以歸。《自序》。適大梁之墟。《魏世家》及《信陵君列傳》。並同上。」

戹困鄱

梁玉繩曰：「附案：鄱即《漢志》魯國蕃縣，《漢傳》作『蕃』，此作『鄱』者，以形聲相近而譌。《左傳》襄四年《疏》、《釋文》及《史》注皆引白褒《魯記》，云靈帝末陳蕃子陳子游爲魯相，國人爲諱，遂改皮音，而爲『番』字。然《漢・地理志》魯國注以白褒爲非也。《左傳》讀如藩，應劭音皮。」《史記志疑》。

奉使西征巴蜀以南

王國維曰：「考《漢書・武帝紀》，元鼎六年，『定西南夷，以爲武都、牂柯、越巂、沈黎、文山郡』。史公奉使西南，當在置郡之後，其明年，元封元年。『春正月，行幸緱氏』，『登崇高』，『遂東巡海上』。夏四月癸卯，還，『登封泰山』，『復東巡海上』，自碣石至遼西，『歷北邊九原，歸於甘泉』。蓋史公自西南還報命，當在春間，時帝已東行，故自長安赴行在。其父談當亦扈駕至緱氏、崇高間，或因病不得從，故留滯周南，適史公使反，遂遇父於河洛之間也。史公見父後，復從封泰山，故《封禪書①》：『余從巡祭天地諸神、名山川而封禪焉。』後復從帝海上，自碣石至遼西。故《齊太公世家》曰：『吾適齊，自泰山屬之琅邪，北被於海。』又歷北邊九原，歸於甘泉，故《蒙恬傳》曰：『吾適北邊，自直道歸。』直道者，自九原抵云陽即甘泉。之道。《秦始皇本紀》所謂『除道，道九原抵雲陽，塹山湮谷，直通之』者也。父談之卒，當在是秋，或在史公扈駕之日矣。」《太史公繫年攷略》。

① 封禪書，原稿作「禪書」，抄脱一「封」字，據《太史公繫年考略》補。

四百有餘歲

梁玉繩曰：「案：魯哀公十四年獲麟，至漢元封元年，封太山，凡三百七十二年。」《史記志疑》。

錢大昕說略同。《廿二史攷異》。

而遷爲太史令

梁玉繩曰：「附案：『令』乃『公』之譌，說在《五帝紀》。」《史記志疑》。

王國維曰：「《自序》：太史公『卒三歲而遷爲太史令，紬史記石室金匱之書』。《索隱》引《博物志》：『太史公令茂陵顯武里大夫司馬遷，年二十八，當作三十八，說見上。三年六月乙卯除，六百石也。』考史公本夏陽人，而云『茂陵顯武里』者，父談以事武帝，故遷茂陵也。『大夫』者，漢爵第五級也。漢人履歷，輒具縣里及爵。《扁鵲倉公列傳》有『安陵阪里公乘項處』，敦煌所出新莽時木簡有『敦德亭間田東武里士伍王參』是也。或并記其年，敦煌漢簡有『新望興盛里公乘□殺之年卅八』，又有『□□中陽里大夫呂年，年廿八』，此云『茂陵顯武里大夫司馬遷年三十八』，與彼二簡正同。『乙卯』者，以顓頊歷及殷歷推之，均爲六月二日。由此數證，知《博物志》此條乃本於漢時簿書，爲最可信之史料矣。」《太史公繫年攷略》。

至於今五百歲

梁玉繩曰：「案：周公至孔子，其年歲不能的知，恐不止五百歲。若孔子卒至漢太初之元，三百七十五年，何概言五百歲哉！蓋此語略取於《孟子》，非事實也。」《史記志疑》。

上大夫壺遂曰

錢大昕曰：「按：《十二諸侯年表》稱『上大夫董仲舒』。《封禪書》叙新垣平云『於是貴平上大夫』。《萬石君傳》『以上大夫禄老於家』，《佞幸傳》鄧通『官至上大夫』，韓嫣『官至上大夫』，似漢時本有上大夫之官。又《封禪書》拜公孫卿爲中大夫。」《廿二史攷異》。

案：《韓長儒傳》云：「余與壺遂定律歷，觀韓長孺之義，壺遂之深中隱厚。世之言梁多長者，不虛哉！壺遂官至詹事，天子方倚以爲漢相，會遂卒。不然，壺遂之内廉行修，斯鞠躬君子也。」遷與大中大夫公卿壺遂議律歷事見《漢書・律歷志①》。

我欲載之空言不如見之於行事之深切著明也

《索隱》云「見《春秋緯》」。案：趙岐《孟子章句・題詞》引孔子語同。《春秋緐露・俞序篇》孔子曰：「吾因其行事，而加乎王心焉，以爲見之空言，不如行事博深切明。」蓋史公及《緯》説、趙説皆本董子也。

---

① 律歷志，原稿誤作「歷律志」。

下辨人事之紀

案：《文選·七啓》注引《史記》「紀」上有「經」字，與《漢書》合，當據補。

易著天地至故長於治人

案：《緐露·玉杯[①]篇》：「《詩》道志，故長於質；《禮》制節，故長於文；《樂[②]》詠德，故長於風；《書》著功，故長於事；《易》本天地，故長於數；《春秋》正是非，故長於治人。」與本書微異。

是故禮以節人至春秋以道義

案：此數語又見《滑稽傳》。案《莊子·天下篇》：「《詩》以道志，《書》以道

① 杯，原稿誤作「林」，據《春秋繁露》改。
② 樂，原稿誤作「詩」，據《春秋繁露》改。

事，《禮》以道行，《樂》以道和，《易》以道陰陽，《春秋》以道名分。」與此相似。

春秋文成數萬

梁玉繩曰：「案：張晏曰：『《春秋》萬八千字，當言「減」，而云「成數」，字誤也。』裴駰曰：『此史公述董生之言。董仲舒治《公羊》經傳，凡四萬四千餘字，故云「數萬」，不得爲誤。』《索隱》從師古，曰：『史遷豈以《公羊》之《傳》爲《春秋》乎？一萬之外，即足稱數萬，何乃言「減」？』《學林》曰：『今世所傳《春秋經》，萬六千五百餘字。張晏云萬八千，非。裴注亦非。古人於一萬之外稱萬餘，積萬之多，乃爲數萬。《春秋》當言文成萬餘，而云數萬者，太史公之言不確，師古注亦不確。』《通攷》載眉山李氏《春秋古經後序》，謂『張晏曰《春秋》才萬八千字，今細數之，更闕一千四百二十八字』。馬端臨辨之曰：『《春秋》古經雖《漢・藝文志》有之，然夫子所修之《春秋》，其本文世所不見，漢以來所編古經，俱自三傳中取出，不特乖異，未可盡信。而三子以其意增損者有之，俱非《春秋》本文，指以爲夫子所修之《春秋》可乎？』所論甚確，然則《經》字之的數無從知之矣。」《史記志疑》。

張文虎曰：「《説文》：『數，計也。』徐音爽主切。蓋云文以萬計，指以千計。諸人誤讀如數目之『數』，遂多窒礙。」《舒藝室隨筆》。

王先謙曰：「顏所云曲解，迺裴駰説，裴謂遷此辭是述董生之言，董生治《公羊》，故云云。何焯以爲裴説得之，沈欽韓亦謂：『《公羊》爲董生所習，合本經與師説，文有數萬。又其條例乖[1]雜猥瑣，如三科、九旨、五始、七等、六輔、二類、七缺之目，故云其指數千。《繁露・十指篇》「《春秋》大略，約有十指」，則又約而言之。』先謙案：一萬之外，何得即以萬言而稱爲數萬？顏説終不可通，所謂文

① 乖，《漢書補注》及沈欽韓《漢書疏證》皆作「舛」。

成數萬，其指數千①，蓋指《公羊》推演《春秋》之文義。裴意非謂遷以《公羊傳》爲《春秋》也，時《公羊》之學特顯，故舉以見《春秋》之閎深不窮。何、沈説是，文虎説亦通。官本注在『數萬』下。」《漢書補注》。

承周案：董生之言，自謂《公羊》經傳。漢人稱《春秋》多並傳文及師説言之，如《漢書・儒林傳》，言《公羊春秋》、《穀梁春秋》，《儒林傳》云「由是《公羊春秋》有嚴、顔之學」，如云「瑕丘江公受《穀梁春秋》於申公」，又云「衛太子好《穀梁春秋》」，「由是《穀梁春秋》有尹、胡、申章②、房氏之學」。《王吉傳》言《騶氏春秋》，《吉傳》云「能爲《騶氏春秋》」。《後漢書・儒林傳》言《顔氏春秋》、《嚴氏春秋》，《儒林傳》云張玄「習《顔氏春秋》」，丁恭、甄宇習《嚴氏春秋》。《周禮注》言《冥氏春秋》，《周禮》「冥氏」鄭司農云：「讀如《冥氏春秋》之『冥』。」皆以傳文，及師説並經爲稱，此類甚多。師古云「史公豈謂《公羊之傳》爲《春秋》」，非也。

---

① 千，原稿抄脱，據《漢書補注》補。
② 申章，原稿誤倒作「章申」。

弑君三十六

梁玉繩曰：「案：《左氏·春秋經》書弑者二十五，内諱不書弑者五，書卒者二，書殺音試。者一，哀四年「盜殺蔡侯申」，《公》、《穀》作「弑」。凡三十四事，此言三十六，通傳①數之。然通數當有三十七。師古《楚元王傳》注，删僖九年晉里克殺奚齊一事，以合三十六之數，非也。劉向亦仍《史》誤，他若《戰國·東周策》謂『《春秋》記臣弑君者以百數』，乃虚妄之辭。《春秋繁露·王道篇》、《後書·丁鴻傳》俱云『弑君三十二』。李賢已糾之。又《繁露·滅國》及《會盟要篇》作『三十二』，是俗本譌刻。《公羊傳》文十一年注云：『宣、成以往，弑君二十八。』成五年注云：『自後六十年中，弑君十四』，《疏》已駁之，但所數弑君事多乖異。則皆屬誤端矣。弑君二語，《史》蓋本《淮南·主術篇》而誤。」《史記志疑》。

① 傳，原稿誤作「得」，據《史記志疑》改。

沈家本云：「按：《春秋》弒君之見於經者，衛桓、魯隱、宋殤、齊襄、宋閔、魯子般、魯閔、晉奚齊、卓子、楚成、齊舍、宋昭、齊懿、莒庶其、晉靈、鄭靈、陳靈、晉厲、齊莊、衛殤、吴餘祭、蔡景、莒密州、楚靈、許悼、吴僚、薛比、蔡昭、齊荼、魯之般。閔惡則《春秋》諱而不書者，其不見於經者，晉哀小子、鄭昭、鄭子、魯晉懷，其以病①疾赴者鄭僖、楚郬敖、齊悼，合之得三十八也。」《諸②史瑣言》。

亡國五十二

梁玉繩曰：「案：所言亡國，亦兼《經》、《傳》數之，蓋專指諸夏，而四裔不與焉。然實止四十一，無五十二。劉向《封事》仍《史》誤。師古注并遷國、復國、四裔之國與未入春秋時國以合五十二之數，殊非。攷桓五年《經》『州公

① 病，《諸史瑣言》無。
② 諸，原稿誤作「讀」。

如曹』，一也。莊四年《經》『紀侯大去其國』，二也。十年《經》『齊師滅譚』，三也。十三年《經》『齊人滅遂』，四也。十四年《傳》『楚子滅息』，五也。二十四年《經》『郭公』，宋胡安國《春秋傳》云「郭亡」。六也。十六年《傳》『滅鄧』，七也。閔元年《傳》『晉滅耿、霍、魏』，十也。僖五年《傳》『晉滅虢、虞』，十二也。十二年《經》『楚[1]人滅黄』，十三也。十七年《經》『滅項』，十四也。十九年《經》『梁亡』，十五也。二十五年《經》『衞侯燬滅邢』，十六也。二十六年《經》『楚人滅夔』，十七也。三十三年《經》『秦人入滑』，十八也。文四年《經》『楚人滅江』，十九也。五年《經》『楚人滅六』，《傳》『楚滅蓼』，二十一也。七年《經》『取須句』，二十二也。十六年《經》『楚人、秦人、巴人滅庸』，二十三也。宣八年《經》『楚人滅舒蓼』，二十四也。十二年《經》『楚子滅蕭』，二十五也。成六[2]

① 楚，原稿作「齊」，據《史記志疑》改。

② 六，原稿誤作「十六」，據《史記志疑》與《左傳》删「十」。

年《經》『取鄟』，二十六也。十七年《經》『楚人滅舒庸』，二十七也。襄六年《經》『莒人滅鄫，齊侯滅萊』，二十九也。十年《經》『晉滅偪陽』，三十也。十三年《經》『取邿』，三十一也。昭四年《經》『楚滅賴』，三十二也。十三年《經》『吴滅州萊①』，孫氏復云「微國」。三十三也。二十四年《經》『吴滅巢』，《傳》『吴滅鍾離』，三十五也。三十年《經》『吴滅徐』，三十六也。定四年《經》『蔡滅沈』，三十七也。五年《傳》『楚滅唐』，三十八也。十四年《經》『楚滅頓』，三十九也。十五年《經》『楚子滅胡』，四十也。哀八年《經》『宋人入曹』，四十一也。其餘晉滅韓、楚滅權之類，則未入春秋時也。魯滅東夷根牟，晉滅赤狄潞氏、白②狄肥、鼓、陸渾戎之類，則四裔也。師古連昭十六年楚殺蠻子數之，不知蠻氏至哀四年始見滅耳。如宋之於宿，齊之於陽，楚之於道，皆遷而未亡也。僖五年楚滅弦，

① 萊，原稿誤作「來」，據《史記志疑》改。
② 白，原稿誤作「赤」，據《史記志疑》改。

而昭三十一年《傳》又云吴圍弦，楚救弦。僖十年狄滅温，而文十年《經》云及蘇子盟於女粟。襄二十五年楚滅舒鳩，而定二年《傳》云吴使舒鳩誘楚。昭八年楚滅陳，十一年滅蔡，而十三年偕受封於楚。定六年鄭滅許，而哀元《經》書許男圍蔡。皆後[①]立而非亡也。外此若晉滅荀、賈、焦、楊，楚滅[②]申、穀、鄀、房，以至宋滅戴，秦滅芮，小國之亡，不可勝數，而《春秋》俱不書。然則五十二者，非史公誤數之乎？《春秋繁露·王道》譌刻五十一，而《公羊傳》文十一年注『宣成以往亡國四十』，成五年注『自後六十[③]年中，亡國三十二』，並誤也。《疏》中所數亡國亦非。」《史記志疑》。

沈家本曰：「按：《春秋》亡國之見於經者，極、紀、宿、譚、遂、鄣、陽、弦、

① 後，原稿誤作「復」，據《史記志疑》改。
② 滅，原稿抄脱，據《史記志疑》補。
③ 六十，原稿誤作「十六」，據《史記志疑》改。

虞、温、黄、項、梁、邢、夔、滑、江、六、庸、舒蓼、根牟、蕭、潞氏、甲氏、留吁、鄅、舒庸、鄫、萊、偪陽、邿、舒鳩、賴、陳、蔡、陸渾之戎、徐、沈、許、鄧①、胡、戎蠻、曹，凡四十三見。於《左氏傳》者，權、息、鄧、耿、霍、魏、虢、鄍瞞、鐸辰、焦、揚、肥、鼓、唐、夷虎，又州公如曹，度其國微遂不復，是州亦亡，凡十六。滅而復者，須句、道、房、鄅。其不見於傳而可推而知者，則申、芮、荀、賈是也。弟此云五十二者，與《經》《傳》皆不合，何也？」《諸②史瑣言》。

承周案：《淮南・主術篇》，《緐露》《滅國篇》、《盟會要篇》，一本「六」譌「二」。③《説苑・建本篇》，《漢書・劉向傳》皆云：「弑君三十六，亡國五十二。」《緐露・王道篇》、《東觀漢記》、《續漢書》及《後漢書》《丁鴻傳》皆云：「弑君三

---

① 鄧，《諸史瑣言》作「頓」，當是，下文仍有「鄧」。
② 諸，原稿誤作「讀」。
③ 疑此處夾注當在下文「弑君三十六」之下。

十二，亡國五十二。」《漢紀》及《續漢書》，見章懷注引。何氏《公羊解詁》及徐《疏》、文十一年、成五年。《漢書·劉向傳》顏注、王氏補注所計各殊，師説泯絶，毋庸肊定也。

故易曰失之豪釐差以千里

承周案：徐廣引一本作「差以豪釐，謬以千里」，與《漢書》合。《漢書》「釐」作「氂」。裴駰云「今《易》無此語，《緯》有之」。今《易緯·通卦驗》云：「故正其本而萬物理，失之豪釐，差以千里。」注：「釐，馬尾也。」《文選·竟陵王行狀》注引《易緯·乾鑿度》曰：「正其本而萬物理，失之豪釐，差以千里。」是《易緯》兩見此文也。《大戴記·禮察篇》：「《易》曰：『君子慎始，差若豪釐，謬之千里。』」（《小戴·經解篇》同。）賈子《新書·胎教篇》：「《易》曰：『正其本萬物理，失之豪釐，差之千里。』故君子慎始。」（《大戴·保傅篇》同。）《漢書·東方朔傳》：

「《易》曰：『正其本萬物理，失之豪釐，差之千里。』」《杜欽傳》引《易》曰：「正其本，萬物理。」《説苑·建本篇》：「《易》曰：『建其本而萬物理，失之豪釐，差以千里。』故君子貴建本而重之始。」《風俗通·正失篇》：「《易》稱『失之豪釐，差以千里』。」諸所稱引皆直稱「《易》曰」，緯候起於哀、平，兩戴所載爲古記之文，賈子、東方朔、太史公時，緯候未出，何緣引之？《小戴記·經解》孔《疏》以爲《易·繫辭》文，今《繫辭》實無此文。

參考文獻（以四部分類法排序）

《尚書校釋譯論》，顧頡剛、劉起釪撰，中華書局，二〇〇五年。

《大戴禮記匯校集解》，方向東撰，中華書局，二〇〇八年。

《十三經注疏》，清阮元校刻，臺灣藝文印書館股份有限公司，二〇〇一年。

《經典釋文彙校》，唐陸德明撰，黄焯彙校，中華書局，二〇〇六年。

《經義述聞》，清王引之撰，江蘇古籍出版社，二〇〇〇年。

《五經異義疏證》，清陳介祺撰，上海古籍出版社，二〇一二年。

《論語稽求篇》，清毛奇齡撰，《文淵閣四庫全書》第二一〇册，上海古籍出版社，一九八七年。

《説文解字注》，清段玉裁撰，上海古籍出版社，二〇〇〇年。

《説文通訓定聲》，清朱駿聲撰，中華書局，一九八四年。
《通雅》，明方以智撰，中國書店，一九九〇年。
《釋穀》，清劉寶楠撰，《續修四庫全書》第一九三册，上海古籍出版社，二〇〇二年。
《史記》(平裝修訂本)，漢司馬遷撰，中華書局，二〇一四年。
《史記志疑》，清梁玉繩撰，中華書局，一九八一年。
《史記漢書諸表訂補十種》，清梁玉繩等撰，中華書局，一九八二年。
《校刊史記集解索隱正義札記》，清張文虎撰，中華書局，一九七七年。
《史記會注考證附校補》，日本瀧川資言、水澤利忠著，上海古籍出版社，一九八六年。
《漢書》，漢班固撰，中華書局，一九六二年六月第一版，二〇〇二年一一月第一一次印刷。

《漢書疏證》，清沈欽韓等撰，上海古籍出版社，二〇〇六年。
《漢書注校補》，清周壽昌撰，《續修四庫全書》第二六七册，上海古籍出版社，二〇〇二年。
《漢書管見》，清朱一新撰，《二十五史三編》，嶽麓書社，一九九四年。
《漢書補注》，清王先謙撰，中華書局，一九八三年。
《二十四史訂補》，徐蜀選編，北京圖書館出版社，二〇〇四年。
《世本八種》，漢宋衷注，清秦嘉謨等輯，商務印書館，一九五七年。
《逸周書彙校集注》(修訂本)，黄懷信、張懋鎔、田旭東撰，上海古籍出版社，二〇〇七年。
《國語》，上海師範大學古籍整理研究所校點，上海古籍出版社，一九九八年。
《戰國策集注匯考》，諸祖耿編撰，鳳凰出版社，二〇〇八年。
《吴越春秋輯校匯考》，周生春撰，上海古籍出版社，一九九七年。

《越絶書校釋》，李步嘉校釋，中華書局，二〇一三年。

《史通校釋》，唐劉知幾著，清浦起龍校釋，上海古籍出版社，二〇〇九年。

《諸史瑣言》，清沈家本撰，《續修四庫全書》第四五一册，上海古籍出版社，二〇〇二年。

《太史公繫年考略》，王國維撰，《北京圖書館藏珍本年譜叢刊》第六册，北京圖書館出版社，一九九九年。

《水經注校證》，北魏酈道元注，陳橋驛校證，中華書局，二〇〇七年。

《史通通釋》，唐劉知幾撰，清浦起龍通釋，上海古籍出版社，二〇〇九年。

《通典》，唐杜佑撰，中華書局，一九八四年。

《通志》，宋鄭樵撰，中華書局，一九八七年。

《文獻通考》，元馬端臨撰，中華書局，二〇〇六年。

《孔子家語》，上海古籍出版社，一九九〇年。

《荀子集解》，清王先謙撰，中華書局，一九八八年。
《中論解詁》，魏徐幹撰，孫啓治解詁，中華書局，二〇一四年。
《莊子集釋》，清郭慶藩撰，上海書店影印《諸子集成》本，一九八六年。
《管子校注》，黎翔鳳撰，中華書局，二〇〇四年。
《商君書錐指》，蔣禮鴻撰，中華書局，一九九六年。
《孫子叙録》，清畢以珣撰，《叢書集成初編》本，中華書局，一九八五年。
《韓非子新校注》，陳奇猷校注，上海古籍出版社，二〇〇〇年。
《墨子閒詁》，清孫詒讓撰，中華書局，二〇〇一年。
《吕氏春秋注疏》，王利器撰，巴蜀書社，二〇〇二年。
《晏子春秋集釋》，吳則虞撰，中華書局，一九六二年。
《新書》，漢賈誼撰，方向東譯注，中華書局，二〇一二年。
《淮南子集釋》，何寧撰，中華書局，二〇〇六年。

《白虎通疏證》，清陳立撰，中華書局，一九九四年。
《論衡箋校》，漢王充撰，楊寶忠箋校，河北教育出版社，一九九九年。
《潛夫論箋校正》，清王符撰，清汪繼培箋，彭鐸校正，中華書局，一九七九年。
《説苑校證》，漢劉向編，向宗魯校證，中華書局，二〇〇〇年。
《新序校釋》，漢劉向編，石光瑛校釋，中華書局，二〇〇一年。
《風俗通義校釋》，漢應劭撰，吴樹平校釋，天津人民出版社，一九八〇年。
《山海經箋疏》，清郝懿行箋疏，中國書店，一九九一年。
《山海經校注》，袁珂撰，上海古籍出版社，一九八〇年。
《顔氏家訓集解》，王利器撰，中華書局，二〇〇二年。
《容齋隨筆》，宋洪邁著，上海古籍出版社，一九九六年。
《困學紀聞》，宋王應麟著，清翁元圻等注，欒保羣、田松青、吕宗力校點，上海古籍出版社，二〇〇八年。

《學林》，宋王觀國撰，中華書局，一九八八年。
《日知録集釋》，清顧炎武撰，黄汝成集釋，上海古籍出版社，二〇〇六年。
《義門讀書記》，清何焯撰，中華書局，二〇〇六年。
《经史問答》，清全祖望撰，江蘇廣陵古籍刻印社，一九九〇年。
《鍾山札記　龍城札記　讀史札記》，清盧文弨撰，中華書局，二〇一〇年。
《十七史商榷》，清王鳴盛著，上海書店出版社，二〇〇五年。
《廿二史考異》，清錢大昕撰，《嘉定錢大昕全集》，陳文和主編，江蘇古籍出版社，一九九七年。
《秋槎雜記》，清劉履恂撰，《四庫未收書輯刊》第四輯第九册，北京出版社，二〇〇〇年。
《讀書雜志》，清王念孫撰，江蘇古籍出版社，二〇〇〇年。
《讀書叢録》，清洪頤煊撰，《叢書集成初編》本，中華書局，一九八五年。

《思益堂日札》，清周壽昌撰，中華書局，二〇〇七年。
《史漢駢枝》，清成孺撰，《史記注補正（及其他三種）》，《叢書集成初編》本，中華書局，一九九一年。
《湖樓筆談》，清俞樾撰，《續修四庫全書》第一一六二册，上海古籍出版社，二〇〇二年。
《舒藝室隨筆》，清張文虎撰，遼寧教育出版社，二〇〇三年。
《越縵堂讀書記》，清李慈銘撰，由雲龍輯，中華書局，二〇〇六年。
《無邪堂答問》，清朱一新撰，中華書局，二〇〇〇年。
《藝文類聚》，唐歐陽詢撰，汪紹楹校，中華書局，一九八五年。
《北堂書鈔》，唐虞世南輯，《續修四庫全書》第一二一二册，上海古籍出版社，二〇〇二年。
《初學記》，唐徐堅等撰，中華書局，二〇〇四年。

《元和姓纂(附四校記)》,唐林寶撰,岑仲勉校記,中華書局,一九九四年。
《太平御覽》,宋李昉等撰,中華書局,一九九五年。
《宋本册府元龜》,宋王欽若等撰,中華書局,一九八九年。
《册府元龜》,宋王欽若等撰,中華書局,一九六〇年。
《楚辭補注》,宋洪興祖撰,中華書局,一九八三年。
《六臣注文選》,南朝梁蕭統選編,唐李善、呂延濟、劉良、張銑、呂向、李周翰注,中華書局,一九八七年。
《文選》,南朝梁蕭統選編,李善注,中華書局,一九七七年。
《文選旁證》,清梁章鉅撰,福建人民出版社,二〇〇〇年。
《慈溪黄氏日鈔分類 古今紀要》,宋黄震撰,《中華再造善本》金元編,國家圖書館出版社,二〇〇五年。
《藝苑卮言》,明王世貞撰,鳳凰出版社,二〇〇九年。

《鮚埼亭集》（附《經史問答》），清全祖望撰，《四部叢刊初編》，商務印書館，一九二九年。